蒋晓云 著

云淡风轻近午天

新星出版社 NEW STAR PRESS

新经典文化股份有限公司
www.readinglife.com
出品

目 录

第二辑 情之为物

第三辑 坐家随笔

第四辑 两岸风情

〔代序〕文章自得方为贵

还是台湾小姑娘的时候，我懵懵懂懂嘻嘻哈哈长大，调皮贪玩，抱怨和同学相较，家里管得太严；连续得奖成了前途被看好的青年作家以后，更羡慕朱家文友有开通的作家爸妈支持女儿的文学志业。只从来没有想过，自己也算是被父母“栽培”过的孩子。

我从小参加作文、演讲、朗诵比赛，课外活动充当朝会司仪、致词代表、晚会主持也是常事。彼时台湾升学压力大，学生家长多要求孩子心无旁骛，专心课业，我家父母却对女儿有机会“见世面”不吝支持。尤其是自认因战乱离乡失财失势“下台”的父亲，看到小女儿“上台”，更是事前教战，事后叫好，热心非常。这样养成，难怪在青年时代写作得奖出席表扬大会，主办方临时要我上台致词，向官方或者报社答礼，都轻松交得了差。现在想想，几十年前在一群腼腆的文学青年当中，自己看起来可能很另类。

我的素人，也是俗人，父母有两次用看小孩出风头的心情，出席当时在台湾开风气之先，盛大举办的“联合报小说奖”颁奖典礼。他们对挂着贵宾证、文名赫赫的台湾老中青三代文学家，统统有眼不识。当时在座大概只有三毛女士算我妈心中的大作家。即使如此，我妈她老人家全程也没有上前道声仰慕，却跟我窃窃私语发表对三毛眼妆的高见。回家途中，二老自我感觉良好得像家长参加了小学游艺会，发现排舞跳错边或演戏忘台词的不是自家孩子，当我的面交赞女儿“拿得出去”。我老妈看重仪态风度，说：“女孩子就是要穿着得体，落落大方。”我老爸则强调口齿清晰，说：“上台说话要看场合，讲重点。”至于“文学成就”则显然不是他们关注的焦点。幸好那时有多位文坛前辈无私的鼓励和提携，我才能在家里人只会“打岔”的情形下，持续数年发展对写作的志趣。

生前对我爱护提携的朱西宁先生推崇张爱玲女士，几次亲闻他盛赞张女士写作能“天道无亲”。我这后学听见只是苦笑。我等俗人，何敢望“祖师奶奶”项背？在我当年的创作环境里，能近身的“读者”，无论父母手足师友，无不拿着放大镜在我编的小说里寻人，蛛丝马迹都不放过。我有一次违背取材远离个人生活圈的原则，即使仍属创作，最终果然尝到苦果。

一九七九年夏天，我写了《姻缘路》，得到第一届中篇小说奖，却也失去了一位好朋友。这以后，我就逐渐封笔，终至断绝。煮字不能疗饥，还时不时地有闲言碎语飘进耳朵，最后还弄到好友误会淡交。“作家”这个职业真不是普通人做得来的。那时候我觉得天地之大，何事不可为？哪里不能去？只有“作家”这行，算已经尝试过了，“否来事”，还是趁着年轻，赶紧去找点父母亲认可的“正经”行当做做。

那年除了得奖，生活上也有种种不如意，算是我小姑娘时期的人生低潮。好友的冷淡让我的冤枉无处申诉。当时我以为小说属虚构，就算有几成事实也深藏在编出来的故事里，隐匿不彰。情节发展之间哪怕确实借用了一些朋友之间的私语，可是她讲我听，知情者寡，曲笔写出只增加了特定读者读小说时的趣味性，并不涉及暴露隐私的危险。可是我忽略了读者对熟识的作者，对号入座是有默认心理的；作者可以决定笔下的人物怎么说怎么想，现实生活中，周边人的想法却不是作者说了可以算的。

被珍惜的友人认为我的友谊之中藏有玄机，甚至觉得被出卖，让年轻的我沮丧到对写作失去了热忱。到美国以后结交了新朋友，我绝口不提自己在台湾的写作经历，如果称呼洋名的朋友和知道底细的老朋友没有交集，就到现在也不知道我曾经有过的“文学生涯”。几十年来，我对作家这个身份一直很敏感，甚至避讳提起。事实证明并非多虑。就在我退休之前，亟思“复出”之际，一次侨居地华人家庭聚会中，一位自称年轻时写诗的台湾客人听别人说起我曾写作，特别过来攀谈，发现原来是当年听过的名字，就开玩笑对众宣称：“原来是大作家！以后我们在她旁边讲话要小心了，不然她就会把你写出来！”

我不知道他的诗是哪样写出来的，不过作者不是记者，写小说不是报新闻，何况即使是新闻，也不是事事人人都有传播价值。进一步想，虚构的小说隐含作者夫子自道的人生观，要比新闻只反映偏离常轨的人生片断复杂许多，而且文学是良心产业，随便道听途说一件传奇哪里就能激发创作灵感。

哪怕我以为自己经过了一些风浪，脸上除了岁月沧桑，心里也较之三十年前更笃定自信，可是听见初识者的闲话，还是微微感觉不悦。惊觉当年让台湾小姑娘从文学道路上退缩的“俗够有力”（台湾俗语，在这里有“众口铄金”的意思）终将再现，除非永远躲在“洞中”当我大梦不醒的老华侨，尘封的钝笔一旦再见天日，就意味着又有忧谗畏讥的时刻到来。

要不要继续写呢？“复出”以后有时会问自己。我曾以为父母仙逝之后，就诸法皆空，能像当年小友天文和天心那样有一个百无禁忌、独尊文艺的创作环境。然而原来人生的牵绊早就深植心脑，从我妈坚持在女儿的马尾上绑个蝴蝶结才能上台表演开始，我就已经接受父母的“栽培”，走向今日之“我”。花了三十年，从只敢编织虚无缥缈的小说，到有勇撰写抒情纪实的散文，今日还厚颜结集成册，也算作者破茧而出，自我成长。文章自得方为贵，好与不好，或藏或露，展览肚脐还打哑谜也算一己风格，从俯仰有愧到能“建我的道场，诉我的衷肠”，光阴也就没有虚掷；遮遮掩掩几十年的作者总算是肯向读者“交心”了。如果读者感觉文章果然有趣，作者就不担心哑谜难解。世事难得洞明，选择不参“天道”，只为我看人间处处是“亲”。

二〇一二年五月十三日

第一辑　归去来兮

香梦长圆

我的父母都已离世多年。他们的前半生遭遇日本侵华，后半生碰上国共内战，中间勉强能算太平的几年，他们勤奋努力兼之机缘巧遇，达到了自己人生的高峰期。我哥哥大我很多，对他们在老家风生水起的辉煌既有幸参与也都还复记忆。一九九六年他替父亲写挽联的时候感叹道：唉，我们的父亲还是做过一些事的，到了我们这一代，就连挽联也没有什么东西可以写了。

我在台湾出生。在我眼中的父母一直都是飘零坎坷，家无恒产的难民。我对他们只有敬爱、同情与怜惜，没有想过他们会留下什么有形的遗产给我。

母亲去世后，我的父亲来我美国家中散心。他带了一个大行李箱，满满一箱都是母亲生前穿过的旗袍。我非常讶异他千里迢迢带了这样一大箱不合时宜的旧衣来美国，却连自己的贴身内衣裤都没有多准备一套。我想他是伤心过度，行为失常，当天赶快带他出去买了几套换洗衣物应急。

那一大箱母亲的遗留衣物随着我从美西搬到美东，又搬回美西，十年内我两次横越美洲大陆，搬了不下十次家，直到上世纪九十年代初期才在加州湾区安定了下来。随着时间流逝，我渐能面对丧母之痛，终于决定开箱把那些陈年旗袍拿出来，替母亲在后院做了一个没有碑的衣冠冢。

那堆衣物中有一幅三边滚了蓝色布边的长方形白布条，没有滚边的一边剪得不太平整。布面已经泛黄，全幅留白甚多，一角写了四个楷书体“香梦长圆”，旁边零零落落地绣了一对比翼双飞的燕子，和一树蓬蓬桃花。颜色用得很淡雅，都是粉蓝粉红粉墨，是我母亲一向喜欢的那种色调，针脚虽然高高低低却还用了深浅渐染的绣法。我看不出那是个什么玩意，就收在一旁，等父亲来了，拿去问他。

父亲说那是一幅帐檐。是他和母亲新婚的时候，由他写的字，母亲绣的花。那时已经快八十的父亲大概想起自己年

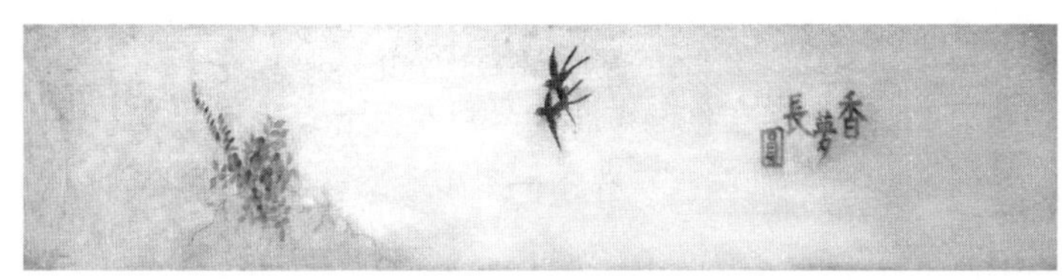

“香梦长圆”帐檐

轻的时候，微笑着说：“两个人闹着玩，我那几个字写得不好，你妈妈也根本不会绣花。”

以他们的年代，是教会学校高材生的母亲，女红不是普通差。我读女中的时候，人人的妈妈都帮她们做家事课洋裁作业，我的却是拿到裁缝店去讲好话还要多给钱，先剪裁了拿去打次分数，缝一半再拿去打次分数，最后留几颗扣子让我拿到学校去做个样子。作弊作得太明显，害我差点家事课不及格。

后来我去到父母亲家乡，才知道我妈妈的不擅长家务竟是四乡闻名。她的娘家和婆家后人都有长辈对他们讲述我妈的轶闻，亲见的老人更是在四十年后见到她的子女都还有故事可说。

当时我一面听家乡亲戚讲我母亲逃难到乡下时，因为不会生火煮饭和缝洗衣裳，闹出的种种笑话，一面想到那幅她亲手绣的帐檐。是什么动力驱使她这样一个自视甚高的时代新女性自暴其短地绣了一幅让丈夫一见就发笑，笑到作者往生多年后，八十老人看见了都还要哂笑当年的难看手工艺品？又是什么原因让她在仓皇辞庙，多少珍贵物事都要抛弃之际，却花时间和力气，歪七扭八地剪下了这幅字也没写好，画也没绣好的帐檐当成宝贝带着走？

多年后，我也已初老，历经了人世若干沧桑，我把这幅帐檐慎而重之地带回了我的出生地，委请朋友精工装裱，打算将来当成祖父母的遗产留给我的侄女。虽然几个字写得让父亲自己一辈子不满意，惯拿钢笔的母亲绣工更是稚拙得令人发噱，可是我想到年轻的父母，在连天战火下的新婚愿景竟是“香梦长圆”，就一面眼眶湿润，却一面也像父亲晚年时看到帐檐那样地微笑了。

在我们这个没有房地契可以留给后人的家庭，我希望这幅不完美的劳作品会把一个带点香艳和传奇色彩的家族爱情故事，一代一代地传下去。

首次发表在二〇一一年十一月十一日《联合报》副刊

以食为名

愚夫妇虽才初老，少年相识，从做朋友开始算，缘分迄今已经超过四十年。马齿渐长，记性渐短，生活中的乐趣之一是拼凑回忆。可笑又可气的是明明是共同经验，却发展成各说各话，吃饱没事竟以争执到底是谁失忆为戏。有时想想如果要从对方的眼睛里去回顾前半生，恐怕连自己都要重新认识自己。

比如吃早点时讨论今天午饭何处去，我忽然想起来问：你记得我年轻的时候很会做菜吗？你吃过我做的“砂锅鱼头”吗？

丈夫呛得口中咖啡差点喷出，急忙摇手否认，用笑岔了气的腔调反问：“说谁很会做菜？”接着又感叹：“说你很会说笑就是真的！大概在外面吃腻了，梦到自己会做菜。”

借题发挥，他又讲起他那个常做的噩梦：

年老的他坐在轮椅上，被后面的一双手推到楼梯口，他觉得有可能会滚下楼梯，往后转头想对“推手”提出警告，却惊恐地发现那是我的手。还未及出声，轮椅就滑下了楼梯。一路滚动，还听到我在他头顶上无辜地说：“Oops!Sorry!”

这么不好笑的笑话亏他一讲再讲，不但强调“生平最大恐惧”就是有一天老病到需要我来照顾，还要加批注：不是你坏心，是你太不可靠，你自己走楼梯都摔过两三次，要推个轮椅那还不滚下楼去?

我警告他再多讲几次，瞎编出来的“噩梦”就会成真了。他坚持还真就做过那么个梦。虽说“常做”确实夸大了点，可是起码梦到过一次，那就够人吓很久了。

嗟！我曾经喜欢做菜绝对不是做梦。多年前我到美国读书，一本教科书都没带，却带了五本中菜食谱来就是证据。只是几十年来搬来搬去，“证据”已经烟消云散，这个“嗜好”也不知什么时候就没了。唯二的“遗迹”：一是我转电视频道看见烹饪教学总会停下来看几分钟，二是我家有各式烹饪用具，把厨房柜塞得爆满。幸好儿子“大威哥”长大后喜欢烹调，算是替这些东西找到传人。我每次看见大威哥都要叮咛，买任何厨房用品或食物料理器前都先来家里找找。

多年远庖厨，我却在友朋之间素有烧得一“嘴”好菜的口碑。有长达十几年的时间，我每天写简易食谱贴在冰箱上给不想花脑筋替东家搭配均衡饮食的钟点管家“参考”。

一个职业妇女朋友就曾经一再拜托我把那些写在日历纸或餐巾纸上的食谱留下来给她“循环利用”（Recycle）。她说每天家里吃什么是个伤脑筋的问题。我却把写简易食谱当成好玩的事情来做。每天开冰箱看看有什么材料，应该怎么配；那时没空写小说，写写什么“肉切细丝，以适量盐、酒、糖、酱油腌制至少半小时……”也算一解我对中文创作的渴望。

小孩半大不大意见特多的那几年，管家做的中式三菜一汤只有大人捧场。我一下班就匆忙洗手更衣围围裙，另煮肉酱意大利面、奶酪通心粉、蜂蜜烤鸡块、干煎羊小排，那些引不起敝厨娘食欲的食物把小孩养到六英尺，也顺便把自己整得对厨房敬而远之。

在我煮菜“光说不练”的名声渐渐传出之际，有位老广朋友懂得赞美人，跟我说：“有嘛野，整嘛野，才真的好也！”

意思是我能“就地取材”，冰箱打开就可以请客。不像他家请客，一周前就开始“东市买骏马，西市买鞍鞯，南市买辔头，北市买长鞭”，先把丈夫当司机兼搬运工折腾一番。听他说起来，家里有一个人“会做菜”的荣誉还真是得来不易，竟有点“一将功成”的味道，他这个无名英雄丈夫的功劳，被一笔抹煞，置于无地，到宾客赞美太太的厨艺和辛苦之际，还落得一个酸溜溜的“他呀，光会吃”的评语。

可是像我在厨房里这样貌似轻松，很多干练主妇眼中看来就不够慎重其事，更不够苦情。加上多年动口不动手，缺乏实战经验，“差劲女主人”的名声传了出去，我渐渐连客也不敢在家里请了。如果“请”非得以，也是请吃烧烤 BBQ，让材料和丈夫去出风头。近年来四海为家，在两岸当然是上餐馆，在美国更是搬家搬得锅碗瓢盆不成套，自己厨房里的东西都找不到，哪里敢想到下厨请客？只好托词“对吃没兴趣”。说的次数一多，连自己都信了。

其实以宽松标准来看，我可算出身饕客世家；记得少时寒舍饮食就比其他我知道的家庭讲究，家中还多年保有下馆子的传统。在外遍尝美食，父兄回到家里也嘴刁手高，厨艺不俗，常常讽笑“我们家女的不会烧菜，只能打下手”，也不想想他们讲那句贬词的时候我才几岁！

只是亲友间以讹传讹，弄得好像我一直和不会煮也不爱吃的我妈一国。孰料我长大后不屑打下手，自认手艺比我妈强太多，只是离开家乡后没机会练习，后来更开始烧西菜，做了自己都不想吃，渐失烹煮的兴致。要不是家乡老友提起还是台湾小姑娘时大家玩青春版“家家酒”，我表演“外省菜”：“砂锅鱼头”、“冰糖肘子”、“茄汁明虾”、“东坡扣肉”都端得出来，我竟忘记此生有过那么几天，曾经喜欢洗手做羹汤，而且还烧过叫得出名堂的佳肴。

有一道我私淑于老爸的“红烧冬瓜”，顾名思义，材料手段显然简单，却让只吃过一次的女友惦记经年，说是自己回去试了多少次都不得要领，见面就逼问秘诀，我却对料理细节全不复记忆。

难忘的是父亲曾经因为我喜欢吃他做的“珍珠丸子”，多次要亲传私房食谱，可是我那时已经不喜欢下厨，就一直打混不学。他气急道：“你不学，等我死了谁做给你吃？”我赖皮道："你在我就有得吃，哪天你要走了，为了纪念你，我以后就不吃这道菜了。"以至到现在一看到桌上有"珍珠丸子"，虽不后悔没继承"家传菜"，却会心酸地想起父亲真的永远离开了。

驻马望南门

不同“古早”从台湾到美国可以是家人、爱侣之间生离死别的大事，现在飞越太平洋只是“千里江陵”。曾有侨居地的帅姐朋友到年底舍不得浪费手上的升等机票，又没有时间度假，就花一个周末飞趟台北，啥正经事没干，光捧场看了部国片，出来戏院在饶河街夜市买了几根她朝思暮想的大辣烤玉米啃啃，算上国际日期变更线切换，台美之间离“一日还”的境界虽不中也不远了。

新年以来，侨居地朋友看到“哑谜道场”多日未贴新博文，以为是欠缺素材，就问：什么时候再回台北住住寻找灵感？

的确，到了台北都不用我去找，感慨自然会找上门来。正好台湾有国际书展等等各种热闹“相招”，想想确实也到了可以再度返乡小住的时候，反正是空巢的闲云野鹤，行李一提，说走就走。

果然台北是灵感之地；才放下箱子，去南门市场买点小菜填充空了个把月的冰箱都能想起两句唐诗，陪古人“悲往事”：无才日衰老，驻马望千门。不过我这今人无马可驻，只是到站下车，望向不知如今安在的昔日台北城门。

看着“南门市场”的站牌忍不住叹口气，同伴就问怎么了。我随时都能浮想翩翩，面对好意，无言以对，只能承认敝人胡思乱想，“扯功”不凡；人家杜甫是当官差的大诗人，有满腹忠君之思，驻马望之不忍去的是千仞宫门；我当年一个小孩子，离家时是个小女子，云游归来成了个小老妪，怀念不舍的是几座已经走进历史的台北城门。真该道声惭愧——确实太会瞎扯，这脑袋瓜里联想的都是些什么乱七八糟呀？

然而我对几十年前的台北城门确实是很有感情的，强说愁的少年生活和交游就在那个没有实体城墙的小小四方阵里度过，是只快乐的井底之蛙。倦游世界归来，台湾变小了，台北变大了，乘着捷运在老家地下穿梭，我再也不辨方向。侄女跟我讲到台北的任何地方，发现不管存不存在实体，姑姑就认自己记得的那几座“城门”；她们很快学会了在指引方位的时候跟我说：“就是从原来的北门那边过去……”或者：“从前小南门那里……”我对新兴市区的热闹虽然感觉新鲜和方便，却没有回到家乡的感动，至少一〇一大楼就不如西门町红楼更能激动我的怀旧之情。

只见捷运站名不见南门的南门市场是我现在返乡后的食物补给站。这个地方也充满了我少年时代的回忆：我总在这一站等乘欣欣巴士回新店。等车无聊就傻看旁边店家刀削面师傅站得远远地削他手中一大块面团；面片在他手下成了活物，像飞鱼跃水一样在空中舞蹈，一片片无惧地奔向沸腾的大锅；削面师傅的手势极其流利，百发百中。记忆里的店是黑和深灰的颜色，只有削面师傅手上那一大块面团雪白。

我应该做过那个看起来卫生并不达标小店的座上客，却不记得吃过什么终生难忘的美味——南门市场和那间店，留在我心里的不是滋味，是一片风景。

也不知道是不是为了这个深植在心的印记，秋天回乡时，高中死党问有什么想吃的家乡味时，我就问起南门市场的刀削面到哪里去了。朋友说早没了，可是现在的南门市场也很好玩，是个贵妇买菜的地方，就带着我去“观光”。我们从楼上卖熟食的铺子逛起，再到楼下的生鲜食品摊去猎奇；我发现很多有趣的食材，闹过把海蜇皮当成千张，酸菜当成雪里蕻的笑话。从老友带我回去过第一次以后，我就成了那里熟食铺的常客。侄女说，姑姑去的就是马英九妈妈喜欢的那一家。不奇怪，我们的父母是湖南老乡嘛，味蕾同源；铺子里的菜肴都是以前我还在家里做女儿时桌上常见的，只是马英九有福气，他的妈妈还健在，还能去买菜。

我从美国李伯的大梦[①]中醒来，中国卢生的黄粱已熟；即使做梦，我都不是领着玛丽亚在南门市场买生鲜的台北贵妇。更何况“天可补，海可填，南山可移，日月既往，不可复追”，回头一望，自己人生的每一步纵使在情理之中，成就却都在意料之外。虽然“无才日衰老”，比上又不足，可是平安喜乐，不能算赖。只是青春离家老大回，树欲静而风不止。看看桌上摆着的三菜一汤：竹笋雪菜炒肉丝、葱烤鲫鱼、梅菜扣肉、香菇土鸡汤，好像回到在家做女儿时的家常，可是没有父母

① 编者注：美国作家华盛顿·欧文的短篇小说《李伯大梦》中，主人公一觉醒来，发现已是二十年后，自己对新世界一无所知。

手泽，再地道也是市场熟食铺里买来的“西贝货”。我不再是当年在台北四个城门之间穿梭说愁的惨绿少年，可是正月返乡，家乡却没有“家”，走遍五湖四海，看过世界归来的小老妪真切地惆怅起来。

B 荣誉榜

侄女们经营的补习班在西门町，十几年了，在公司的时间比在家里还多。她们自称“西区小姐”。我很喜欢去她们的办公室坐坐。台北只剩这一小片地区还让我觉得有几分熟悉和亲切，少少地保留了一些几十年前我青春记忆中的城市面貌。侄女们慷慨地说这个头衔也算我一份，因为西门町是我长大的地方，我是祖妈级的“西区小姐”。

台中上来的朋友也是“西门町婴崽”，邀我去红楼喝茶，说如果在台北想怀旧，只有还没拆掉的红楼戏院附近有几分旧时样貌。台中朋友又带了个西门町土生土长，一辈子没离开过的在地朋友来。做介绍的时候说：这位蒋小姐是“作家”。在地朋友就答应道：“哦，做呷？做哪一方面的呢？我有朋友在这一带卖鸡排，生意不错哦。”三方搞清楚以后就大笑，在地朋友自嘲生活圈里没有“作家”，只有“做呷”，闽南语里是做吃食生意的意思。

大家都在西门町长大，三个人聊起来，发现还是小学时候的前后校友。喝了茶就漫步去“母校”看看，一路指指点点相互挑战记得的儿时店家：

“记不记得这里有个生生美容医院？”

“记不记得这里有个白熊霜淇凌？”

“记不记得这里有个美都丽戏院？”

陪伴着长大的店都不在了，景物好像熟悉，其实全非旧时商号。台中朋友说起自己的母亲已经失忆，我们这些儿时旧事也不知道还能记得多久呢？天上下着小雨，在地朋友带路去吃将军庙前的五十年老店小吃，可是那仿佛天外飞来的高架路遮住了我小时候在那里玩耍过的水门和堤防，我也就提早失忆，对据说并没有改变的寺庙一带也没有印象。而且几十年没吃过，忘了家乡正港鱿鱼羹的味道。没有对照组，珍珠也只能当成鱼眼，对这五十年未变的美味无法领会。而且后来担心的事情果然发生了。幸好在无法忍耐之前就已和朋友道再会，冲进了在附近的侄女办公室解决大事；情形之凶险，一再被侄女笑问：姑姑你在外面吃了什么呀？

我哥哥一向爱吃，虽然父母反对，可是他常瞒着大人带我到处吃摊子上的东西，所以我从前对饮食环境卫生并不讲究。只是女人老了会越来越像自己的母亲，也不知道从什么时候开始我就发展出些洁癖。只是碰到小学校友，不能扫兴，其实下箸的时候是抱着一点拼死吃河豚的心情。不过凑趣（或叫不扫兴）也算是我这个人的美德之一，就豁出去了。没有想到老牌西区小姐却扛不住老牌西区小吃，败下阵来。

这让我想到来台湾之前两天，抽空去洛杉矶看儿子，一家人在蒙特利公园市到处找卫生达标的餐厅。

其实根本不是吃饭时间，可是开六个钟头车才到地都饿了。身为地主的儿子问大家想吃什么，我说既然来到洛杉矶，当然吃中国菜。我们就凭记忆来到了有小台北之称的蒙特利公园市找从前去过的知名餐馆。到了门口，儿子犹豫地指着门口大大一个英文字母“B”跟大家说：市政府替所有餐馆的卫生评分，只要没有蟑螂横行，或者看得见的垃圾满地，大概就能得“A”。儿子常常外食，他说他住的城中区也不是什么好地方，这可是他在洛城看见的第一个“B”级卫生标志。他开玩笑说：“我知道拿个A不难，可不知道要多脏才能得到B。”

经他这么一提醒，全家都决定不进这家有名的中菜馆，要另外找一家贴了“A”的才进去，求个安心。结果把附近几个小商场 (Plaza) 转遍，除了一家泰国菜馆，其他竟然大门上都是“B”的贴纸。我们从非晚饭时间找到晚饭时间都没结果，我说就改吃泰国菜吧。儿子觉得不能这么就放弃，看见前面一家火锅店刚开始晚餐营业就生意鼎盛，我心想，火锅店连厨房都没有的，生意又这么好，不可能得不到“A”贴纸了，就兴冲冲地带大伙赶过去。到门口却又看见贴了一个“B”。可是同胞们都“没在惊的”（闽南语），居然已经排起队来等吃打折的“早鸟餐”（Early Bird）。

我疑惑地说：会不会洛杉矶中国餐馆的最高卫生级别就是“B”呢？

儿子给我一个大白眼，说：老妈你这标准也太低了吧？

我跟他提起他小时候糊弄我的事情，不像别的亚裔孩子学校里都拿全A，他拿了全B回来。一本正经地跟大人说自已上了“B 荣誉榜”(B Honor Roll)。我说没听说过有“B 荣誉榜”啊，人家同学妈妈车子保险杆上的贴纸都只见过“我儿是 A 荣誉榜上的学生”。问他的贴纸呢？他说：噢，那都是花钱买的，我替你省下了。

现在是法学院优等生的他又给了我个大白眼，说：老妈你就这种事的记性最好。

那天晚上最后在“小台北”吃的是门口有“A”贴纸的泰国菜。味道不错，阖府尽欢，回去也没有人抢厕所。

返乡首日

过境东京正闹台风。秋台厉害，风雨交加，飞机停在空桥旁等候超过半小时，机身摇晃不已，驾驶长特别播音要乘客别害怕，说是咱们的飞机虽然晃动如风中之舟，可是安全无虞，如果你实在怕得不行，可以提出搭乘下一班的要求云云。日本塔台加强管制，五分钟才放飞一架，很多航班都延误。我被拖累到深夜才抵台北居停，却不会开瓦斯，洗了个冷水澡赶紧睡了。今天两个高中时代的好友带了点吃的来救济。二人都盛赞空荡荡的新居没有多余的东西。后来才发现该有的也都没有，嘱我写张单子哪天开了车带我去采购。

回到家乡的第一天就窝在家里，哪也没去，和从前是文艺青年，现在成了文艺老年的朋友，像昔日一样愉快地围坐度过。她们说少时同游，总是一人捧着一本书，或者拿着纸笔书写，现在也一人拿本笔电，还是一面聊天一面阅读一面打字。她们看到我把在候机时写的《心理医生》一文放上网，也问起我的写作计划，我以为她们会怪我不务小说正业，花时间玩 Blog，没想到她们居然说很喜欢读这些短短的游戏随笔（其中一位在我复出时还曾说因为我对自己的肚脐眼遮掩太过，不看好我写杂文，嘱我专心写小说，不过她声称已经忘了自己去年的慎重叮咛）。

瑞琦说博文中最喜欢的是那两只小狗的故事。我们兜了一会，才确定她指的是《傻妹和英雄哥》一文。她强辩年纪大了，喜欢归喜欢，讲的是小猫还是小狗就有点搞不清楚了。从小爱好文学的读者都走神成猫狗不分家了，所以我花大精神写的小说，好友们哪怕是中文系科班出身，读起来说要正襟危坐，花些力气，不是妄语。

不过本省籍好友竟然说因为我写《民国素人志》加上今年距民国建国一百年，到处在谈辛亥古人，才让她对民国史产生兴趣，开始关注。这很有趣。我第一次想到她的父母不像我的父母一样把民国古人当成时人在晚饭桌上评论，给我留下片断却深刻的印象。我父亲身份证上是“民前一年”生人，家族里他的同辈有人失意于前清功名，也有人是革命党。所以我总觉得连推翻满清也不过儿时旧话，好像面对家父就有去古不远的感觉。友人因为对民国史感觉兴趣，大量阅读有关资料。我们一面聊天之间，她打了几个电话去小区大学报名听演讲什么的，还居然到处额满要请她候补。

我不禁赞叹台湾的人（其实两岸都是）都很好学上进，活到老学到老。不像美国人很多把玩当成一生大事，从出社会就开始憧憬退休时要怎么玩。两岸初老之人可能多数年轻的时候都没学会玩，老了就更学不会也玩不动了，只好继续上进，走进教室把课一直上下去。朋友大概觉得我返乡首日就胆敢提出这种皮毛之见，不甘示弱地说看我的随笔杂文和近期小说，观察去到国外的同龄人怎么都这么活跃，还有精力闹感情纠纷？简直一个一个老而不“休”！

对这个话题的挑战，我一时没有数据可以支持辩驳。谁让她引用的是我信“手”雌黄的博文和胡造瞎编却希望以假乱真的小说呢？不过如果我就看身边四位死党来取样：上飞机前晚一起喝了点小酒，在美国的那两位，和返乡首日一淘清谈乔节目，在台湾的这两位，那确实是台湾的这两位都保留了三十年以上的配偶，美国的两位却都恢复了单身多年。不过四人样本实在偏颇，可信度低到连我这么不负责任都不敢采用。

我把中美好友像 X 教授戴上变种人搜寻器一样过了过，想了想，告诉她：依个人浅见，美国的朋友好像都比较健康爱运动，台湾的朋友都比较注意养生重保健。有健康的体魄才能有不安分的心思，也更有机会忽视生理年龄，起而去追寻包括精神和之外的恋爱。注重养生就全心关注自己和家人的身体，把情绪交给电视政论节目的名嘴代理，也更需要留着 (进而珍惜) 身边老伴来听发牢骚，陪散步和打精力汤了。

返乡首日就在和四十年老友拌嘴说笑怀旧清谈中快乐地结束。是为记。

翻旧账

台湾的便利商店便利非常。我这几天都在楼下的便利商店打发早点。付账时闻到架上电饭锅里喷香的茶叶蛋是久违的美食，就买了一个用小塑料袋提回去。回到家乡果然小事也能唤起沉睡的记忆，在电梯里就忽然想起四十年前和一个小男生去看电影的往事。那时候台北的电影院卖茶叶蛋，不卖爆米花。两个小鬼一人买了一个茶叶蛋放在一只塑料袋里带进去看电影。坐定后我隔着袋子先把蛋壳揉揉捏捏，压碎了方便去壳。正在操作，旁边的男生埋怨起来："看看，你这个人就是这样，好好的东西，非要先把它弄烂，就不好好吃！"

"哈？"我一下没懂他在说什么，"你还有更好的办法去壳吗？"

等到我把去了壳的蛋不弄脏手就拿出来吃的时候，旁边的男生自嘲地翻了个大白眼，做出尴尬样子接过袋子，学我的样，也在袋里先把蛋壳揉了个稀巴烂。

这么爱抱怨的男生当然没走下去，长大后也没有再联络。昔日的小男生如果今天还健在，也是老人了。不过我相信如果他还吃放在塑料袋里的茶叶蛋，应该会先把壳在袋里压碎除去再取食，只是不一定记得是哪里看来的了，多半会觉得自己才是始创。

很多事一起经过，人却都各记各的。一个中国还两岸各自表述呢。父母子女情侣夫妻亲戚朋友吵架翻旧账，既然吵得起来，也是因为记忆或认知不同，自己的一本账跟对方的那本明明记的是同一笔却兜不拢。

我上班的时候常常主持会议，可是做主席的我都自告奋勇兼会议记录。如果有心栽培后进，我就传授秘诀：别偷懒，做会议记录是最好的任务。在某种程度上也算是掌握了话语权。而且既做记录，就自然专心留心，不会错过细节。

可是人相处到底不是天天在公司里开会，既没有会议记录白纸黑字为凭，记性好理性强的吵起来就不一定占上风。

翻旧账时推理分析和聪明逻辑都可能不敌大声公（婆）和厚脸皮。更别提有人还要请出黑道或开山刀了。

我自知生活能力不佳。离开父母家就嫁为人妇，没有单身过。刚嫁人的时候我也幻想过做个称职的家庭主妇，拿了本食谱学做菜。一天切洋葱的时候切到了手，我眼睁睁地看见一个块状物飞出去，然后我的手指尖就喷出血来。我大叫一声，丈夫飞奔过来察看，我用右手紧紧握住受伤的左食指，血从指缝中渗出，我镇静地要他别耽误时间看我的伤，快到洋葱堆里去找我的手指，我刚把手指切掉了一截，实时找到还有希望接回去。

当然折腾半晌证明是虚惊一场，飞出去的是洋葱不是我的一截手指，虽然伤口很深，可是动静也搞得太大了一点。丈夫觉得受惊不起，所以后来一看见我动刀，就抢着自己来，朋友都笑我使的是苦肉计。我说如果真是那样，她们也可以来一刀试试。所以一般我们家都吃洋餐，把大块食物拿到个人盘子里用不那么利的刀自己慢慢切。这两天我一个人在台湾，昨天切番石榴在中指上划了一下，今天开柚子，又在小指上砍了一刀。看来我真的不太合适独居。

好友常笑我是“无三小路用”，听说这是闽南粗话，我们一群虽然常用，其实不明其意。我的了解是取一前一后俩字，所以哪怕我也随时能提高嗓门跟人翻脸，可是想想这样“无用”，还是别翻旧账为好。

闲坐说玄宗

电视补药广告上说“人老先老脚”，我自己的感慨却是人老回忆多。才没多久以前，我还笃信往事已矣，只看明朝，是个连“今朝”都不多虑，无可救药的乐观主义。可能是退休以后脑子里盘踞的再不是“军令状”上打了自己手印的出货“死期”（Deadline）；工作压力不再，一度以为“了”（Quit）了的“春花秋月”又上心头。而且这次糟糕，前半生占据多半心思的家庭和孩子都已经“自动化”，上了无我置喙之地的轨道，倾注过许多时间和力气的事业，也已经交付印信，鞠躬下台，一旦从习惯了的斗米和油盐里又直腰抬头望起“春花秋月”，不禁要怀疑这次“何时了”？

日子一天天过去，累积的回忆也一天天增加。今年到了岁末，想起的往事特别多。从台湾回到侨居地过感恩节时，商店已经张灯结彩，到处播放圣诞歌曲。我一听见就怀念起失联老友，以前常相聚的时候大家都还年轻，可是早慧的朋友总说听见圣诞歌曲就感伤又是一年芳华消逝。有一次还没到十一月，我和她在南加州的一个商场里逛街，忽然听见“圣诞铃声”，她又气又笑的可爱模样如在眼前，她笑着骂：“这个歌 drive me crazy！都等不到感恩节再放了吗？”没有想到现在为了刺激消费，从十月底的万圣节开始播放圣诞歌曲已经成了商场惯例。如果老美哪天开始过“中秋”，那应景歌曲再往前挪了播放可能也不足为奇。

我青少年时期台北没有夜店，到了这个季节就是开家庭舞会。现在想想当时大家简直不知道都瘦成了啥样，大概五坪那么小的客厅可以挤进二三十人跳舞？我最近跟朋友去跳森巴健身，练舞教室 (Studio) 少说也有个十几坪吧，进来十个胖太太就要小心跳，不然会打到隔壁。那时候的高中生跳舞一般要骗家长是去同学家温书，不过现在想想，父母就真有那么笨吗？满城少年都一到十二月二十四日晚上就要在一起用功到凌晨？

幸好家乡现在风气开放，高中生不用再被迫为了社交联谊欺骗父母。我节前离开台湾的时候和瑞琦约在捷运台北车站的八号出口碰头，一出地下差点被吓得掉下电扶梯；门口站了一排男中高中生举着写了日期的大幅布条对着出口大叫："××中学圣诞舞会，欢迎参加！"我在枯等瑞琦（她又迷路了）的时间注意到这群人中还有个指挥兼"斥候"，原来他们不是乱吼乱叫，这个眼睛尖的会观察走上来的人群，看见年貌相当的高中女生就发出指令，吼叫的强度和热情明显和女生的妍媸与多寡成正比，这部分看来是自发，不受斥候的暗号影响。这样的广告不知道效果如何？我在那里的二十分钟之内，被吵得头昏脑涨，连手机也听不见，却没有看到有高中女生对那幅布条瞅一眼的。

我又想到那位失联的朋友，十几岁的我们走在台北的大马路上，就居然几次有陌生男生过来邀请去参加舞会。我就纳闷了，怎么和别人逛街都没事，和她一起就有"艳遇"？被问了多次以后，她终于告诉我们她如何能用眼睛"放电"，可是一样从下往上，刘海间隙里抬眼看人，她做起来如此妩媚多娇，被我一学，就"雷"倒身边所有的人，只能当成笑话来讲。不过她的坦白对我很有启发，我领悟原来男生也害羞，他们在那里假装成英勇的猎人，其实只敢追赶对他凝望，请他来猎捕的目标；他们害怕装成老虎的小猫，却大无畏地追随看起来像猫的老虎。

留学的时候，我这位朋友有次到南加州找我，感叹圣诞夜没有爱侣、没有舞会真凄凉，我们就找了一位男性朋友一起去学校中文团契办的圣诞夜舞会，门票两元一对。那个男生跟收门票的同学套交情，一行三人，要付两元就入场。讲僵了没有面子，坚决不能多付，要带我们从后面的落地窗溜进去。男生说不是多两元的问题，是原则问题，我们是三人一组，不是“两对”或“一对半”。女友坚持不跳窗，说她愿意自己出那两元，也是个原则问题，不能为了省两元逃票。该我不愿意了，我也要出两元，谁跟谁都不是一对，谁是该免费的那个呢？后来因为大家都讲原则，我们终于没进场去跳舞庆祝圣诞夜，而是去旁边还开门的犹太人咖啡馆喝咖啡、吃蛋糕，臭盖过节了。

往事如桥下逝水（Water under the bridge），又是急景凋年，那位讲原则，拒付两元的“尖头鳗”不幸英年早逝，永留追思于朋友心中。我那聪明美丽的女友而今又安在呢？

窈窕淑婆青春梦

荣升“半百老妪”好几年了,同年好友却都不觉老之将至。有一次我刚开了个头脱口说出“我们欧巴桑——”，就被朋友抢白道:“喂，你自己想当欧巴桑就当好了，不要扯上我。我可不承认我是欧巴桑！”

对，她还穿过膝的长靴和迷你裙，只不过从前露一截雪白大腿，现在露一截各色弹力袜（Leggings）。

前些天有个年纪大两岁的老朋友寄来电子邮件，大方地把女人锱铢必较的年龄四舍五入，自称六旬，说预期再过不到十年自己就“干瘪”了。这让满怀希望即将去台湾针灸减肥的我既吃惊又泄气，不但被提醒年纪已向花甲大关挺进，而且“干瘪”的那天好像也指日可待。既然如此，那还减什么肥？像现在这样又富态又福态岂不挺好？

有两位伯母最仁慈，常施口惠，每次见面都异口同声赞美：胖得好看，皮肤多好，一根皱纹都没有，年轻相。朋友之一说：“我妈眼睛不大好。”另一个对她妈妈大叫：“妈，你别再鼓励她了。为了健康她也不能再胖了！”

数年前几个好友一起去上海玩，闻名到古北区一家餐厅吃台菜。饭馆生意鼎盛，一座难求，客人都挤在门口排队等候。有一位年纪轻轻的上海小姐态度倨傲，用大音量指责带位的小妹，大概是怪小妹没搞清楚先来后到，带了后来的人先入座，或是未辨哪位才是真贵客之类。台湾口音的女老板出面赔不是，好话说尽，年轻女客还是不领情，发完飙后，吆喝同行的欧里桑走人。奥客前脚出门，受了气的女老板后脚就用台语开骂。我刚好站在她旁边，她面向着我碎碎念，就像我是她诉苦的对象一样。我多年没有机会使用方言，忍不住用已经不太纯正的闽南话接腔道：“甲拢都生一个，好额人婴崽，Spoiled，呃，宠坏了。”完蛋，太久没用，脑子里原来列为“第二语”的闽南话竟和大胆窜位的“第三语”英文讲混了。

女老板听到乡音忽然发作，放大声量也发起飙来：“啥咪婴崽？那个查甫甘会是她老爸！看她那扮势，想也知道是她的 Sugar Daddy。”后来攀谈，女老板说自己从台湾到洛杉矶住过很久以后才到上海开店。

那时我在上海还算观光客，不知道古北区以何出名。旁边身材苗条打扮入时的单身朋友笑道：“在古北区可不能随便找人抱怨，只有你一看就是大老婆相，不会出错，所以她对着你讲。”

我在北京跟人说话都拿出小时候演讲比赛的国语，该翘舌的绝不偷懒，再把发音部位稍微调到鼻腔，重点是要把所有的第二声和第三声发清楚，不可混淆；如果不充内行乱用什么在地俚语，那就几可乱真。在大陆景点门票分内外宾的年代，我凭这一手还被卖过内宾票，那省下的几文，远不如唬弄到人的快乐。多年前去北京旅游，一整天那位北京导游都没有像从前遇到的在地人那样赞美我的京腔普通话，到了傍晚实在忍不住了，就自己讨赏道：“像我这样到路上问个路，没人听得出我是国外来的吧？”年轻的女导游含羞笑道：“您这口音是听不出来了，不过您这身材……”上世纪大陆的人营养没现在这么好，瘦骨嶙峋的导游小姐像那时护城河边还没铲除的柳枝在风中一样乱颤，为自己的幽默笑得连话都说不下去了。有时候，我还真欣赏老外对人永远只说客套话的虚情假意。

经过这几年实地考察，发现亚洲女性真是肥人少瘦人多，像我这样在美国堪称“正常”的体态，到了亚洲地区够格参加“小象队”。想我当年做台湾小姑娘时也是吃不胖一族，只是橘逾淮为枳，既逾太平洋，阳明山瘦橘子也能长成加州大葡萄柚。以致新朋友看见我的旧照认不出来，老朋友见到了本人也一时不敢相认。

“复出”之后常常有地方要求照个相、露个脸啥的。我虽然深信“人之妍媸不过皮相厚薄”(Beauty is only skin deep)，可是既然重履故土，就该入乡问俗，不好随性出来吓人，乃正经思考以窃认为不近人情的家乡标准为减重之参考。上次赴台时就依朋友口碑挂号针灸减肥诊所。第一次去要排队，偌大的候诊室坐满了清一色女瘦子，要不是有我和朋友两个充数，不知情走进去的人会以为来到增肥诊所。自己并不像根竹竿的女医师采取流水线程序SOP，连把患者衣服撩起来露出肚皮都是助手的前置作业。当我扎完针满怀希望付了五千台币离去之前，前台郑重交付两张“饮食须知”，切嘱要严格执行，否则功亏一篑，自己就是罪魁祸首，不能怨医师不灵。

我一看，咦？这不像美国流行过一阵的“南岸减肥餐”(South Beach Diet)吗？什么蛋一个，肉一小块，别吃淀粉，叭啦叭啦，Blah Blah。我气得对朋友说：“如果照这样吃，不来挨十次针，也一样会瘦。难怪你来过还会复胖，干吗还来？这样吃得比鸟还少，谁不瘦你打我！”

被洗了脑的朋友把复胖的罪孽一肩承担，只怪自己上次瘦成少女时代体重后，也回到青春期的百无禁忌，大吃大喝。她说：“当然还是要来，扎了针我才不觉得饿。而且一想吃了不该吃的，五千块就白花了，才能抵抗美食的诱惑。”

所以说人和人怎么会想得一样？我总不至于坐十几个小时的飞机来到世界闻名的“贪吃之都”遵行“南岸节食”吧？机票钱可远不止五千台币啊！我挣扎了一下午，觉得即使扎了针果然没有食欲，却还是不能对第二天的上等日本料理邀约说“不”。我拿起电话就把下次扎针约会延了它三个月。在那之前，让我张开双臂拥抱久违的家乡美食吧！

不过弹指工夫，三月期至。这次我的任务是“重新学习在台北生活”。我给自己订的第一指标就是“融入”(Blendin)在地人的形貌。这就让我记起有次和香港友人相约中环，人山人海中她笔直向我走来，我正纳闷这么多人她竟能一眼看到我，她就笑嘻嘻地说了:“老远就看见一个美国婆站在那里……”她后来解释因为我一身美国品牌的旅游打扮和中环穿套装的 OL(Office Lady) 大异其趣，以致鹤立鸡群。信不信由你，反正我是信了。

寒雨曲

瑞琦在南部过完年才北返。我们聊到天气，她说台南的天气好，她讨厌北部冬日的雨天，灰蒙蒙的天气一连数日，会让人心情低落；她夸大其词地说那样的天气能叫她生“类”忧郁症的病。她非常讶异四十多年的死党，竟从未听说过个性一向欢天喜地的我，竟最喜欢下雨天，还偏爱台北冬天的寒雨。

首次冬季回乡，台北又冷又湿，我天天心情大好，觉得这种天气能出门办点事就有成就感，不出门窝在屋里就有安逸感，一天作为不作为都赢，稳一稳，win-win！哪里去找这样的好事？所以天气越湿冷，我就越开心。和瑞琦说笑：早知道作家都有怪癖，一直就觉得我正常得太不正常。现在终于发现奇怪的地方了，就是我喜欢人人讨厌的冬雨。

这次是我退休后第三度回到出生地“试住”；夏天住台北是锻炼人，秋天不错，冬天再加上阴雨绵绵就简直是可爱了。可是跟前两次一样，哪怕可爱，没有任何事情不如意，住了个把月后，我习惯性地开始想“回家”。此生以前的几次搬迁：几十年前离开台湾刚到美国的时候，几年前从美国到上海驻点的时候，甚至其间几次在欧、亚出超过一个月长差的时候，我都只能坚持到一个月，之后就想“回家”了。

这两天我睡前必做的网上功课，除了清除 Blog 上泛滥到让我想放弃这个园地的小广告之外，就是查看可不可以换张机票，缩短在台行程，早点“回家”。可是睡到早上起来，对窗一望，如果外面雾气腾腾，青山不青，蓝天不蓝，看来这天绝对不会放晴，我就觉得人在家乡，亲切得很，感觉可以继续待到预计离开的时候。

其实我不记得自己以前是台北小姑娘的时候这么喜欢过寒雨天气。对台北冬季雨天最生动的记忆跟现在我很在意的体重有关，就是那时候很瘦，真瘦，实在瘦！瘦到穿着大衣都可以钻进骑摩托车小男友的雨披里，环着人家当时不足三十英寸的蜂腰，脸贴着那副瘦骨伶仃的背脊却觉着安全又温暖，知道有人心甘情愿地在为自己挡风遮雨。可是一样的两个人，过了四十年，共乘四轮都怕车小。这样的变化让人想起来就要失笑。

后来什么时候开始喜欢雨天的呢？真想不起来了。

我在终年阳光充足的佛罗里达州住过几年，除了夏日的午后雷阵雨，我对那里的雨季没有记忆。佛州不缺雨水，可是我不记得在那里买过伞，至少出门很少带伞，因为雨水是暖的，淋淋无所谓；如果是夏天，淋雨其实很舒服；所以除非台风天，马路上行人在大雨中从容而行，做其快乐落汤鸡享受淋雨之乐的并不是少见的风景。

在南加州读书、工作的时候，才知道当地下雨是稀罕事；有歌为证，“It Never Rains In Southern California”。下雨天收音机里会前一晚就提醒民众小心开车。因为南加州雨天太少，洛杉矶下场雨像美东下了雪一样是新闻，人人小题大做，家里大人、传媒和官府都尽责地要驾驶当心“天雨路滑”。老家在波士顿的当年室友一听到这种广播就对加州人下雨天的大惊小怪嗤之以鼻。有一次南加州连旱七年，到处嚷嚷要盖海水淡化厂，富裕的圣塔芭芭拉率先盖了，结果还没开张，老天下雨了，到现在这个巨大的投资已经闲置了有二十年吧？所以“蚊子馆”一类的公共建设也未见得是台湾特色，总之世事常是人算不如天算。

那么是二十年前到北加州落户以后我才开始喜欢雨天的吗？真的想不起来了。

年纪大了的一个特征听说是越早的事情记忆越清晰，近的反而模糊。可是我不记得年轻的时候喜欢过雨天，却清楚记得从退休以后一看到外面下雨，就庆幸自己凄风苦雨不必开车出门上班，也不必因为天气好却想宅在家里而感到内疚。后来更是发展到雨天会傻站在山居的景观窗前看一会雨。微雨时看见的是万物都有雨露滋养，感觉一园花木欣欣向荣；大雨滂沱时看见的是一山愁云惨雾，鸟飞兽藏，对照屋里温暖明亮，就好开心自己有一个能遮风避雨的家。

张飞打岳飞

和朋友叙旧，他们常常感觉不公平，因为我讲起从前来的时候好像记忆力特别强，能举证事件发生时的很多细节，有时连几十年前的哪天都说得出来，和人意见相左的时候显得很有权威。可是听众如果也是当事人就不服气，说我选择性记忆，专挑对自己有利或者想记得的描述。最后讲不过了就赖我在写小说。此言一出我就输，谁让瞎编故事确实是让我打响名号的强项呢？

不过也有不明就里的朋友因此深信我有过目不忘的超能力，其实我连自家车道大门的密码也记不住，如果哪天车上没有遥控开关，家里又没人应门，就要打电话到学校问儿子才回得了家。我揣测友朋中会有关于我记忆力强的谬赞恐怕是因为我记得很多奇奇怪怪，别人不记的东西，包括东一孤句，西一词组，零零落落完全不着调的冷僻诗词、俚语、俗谚、成语、掌故、传奇、戏曲、旧闻，天南地北，上下古今，什么都有，可是什么都不全；正经考我，我可能一句都答不上来，可是一到某个时空，那些东西就会涌现脑海。我起初也纳闷过自己怎么记得这些出处不可考又无用的片断，后来才觉悟真的什么都可能和遗传有点关系。

父亲卧床一度病危可是还能说话的时候，就对着随伺在侧的我东一句西一句地吟些和死亡、人生有关的诗句或俗谚，而且许多是我未曾听闻过的。我书呆子脾气发作，拿出小本子把他说的一一抄录下来，有时候他的乡音太重或者语焉不详，我还要打断他，要他慢点，再讲一次，或者请教究竟是哪个汉字。我老爸诗兴被打断很生气，就骂人，大意是说：我现在是随时会死的人了，可能想说的一个句子都说不完，你还一直打岔！

结果那个珍贵的小笔记本被我搬家的时候放失了地方，到现在已经十几年了都还没出现，我看是没希望找得到了。真遗憾我老爸对着我念了十几天的金句，我都抄了小半本，最后可能伤心过度，计算机成了猪脑，就只记得一句："人生除死无大事。"

我想是因为我老爸对这句有特别加强描述，他大概是这么说的：自己一生经过大小风浪，现在面临人生的最后一件大事，非常想知道究竟会怎样结局？世间到底有没有生前死后、来世今生？这件大事来临时会是像轻风拂面，还是要痛苦挣扎？

所以老师授课的时候还是要加以演绎，才方便学生记忆，否则抽离出来的词组很难入心。就因为在"大事"这个主题上，我老爸多说了几句，我就清楚记得当时父亲闭着眼睛躺在病榻上，讲话断断续续，我却不知怎么听出他的声音里不但没有畏惧，对即将发生的这件"大事"好像还有好奇甚至向往之意。虽然我糊里糊涂地把笔记掉了，其他那些我闻所未闻，不知典出何处的金句也随他作古而消散。父亲这个无憾的人生态度却留给我宝贵的一课，让我也能直面自己的人生旅途，立志做个快乐的旅客，也要洒脱地到站下车。

瑞琦少年时是我家常客，过访如走自家厨房，可是这样熟也对我家人演连续剧一样的说话方式一惊一乍。她有一次笑到东倒西歪地跟我说：“受不了蒋妈妈，她今天跟我说：‘瑞琦，你知道吗？蒋伯伯是世界上最勇敢的男人！’”

想想我老妈那时候可能比现在的我还小几岁，可是当年在我们小姑娘眼中却是位十足十的老太太了。老太说那种台词实在太戏剧性，不怪瑞琦觉得我妈用播音员一样抑扬顿挫、感情丰富的声音赞美我爸“很 Man”好笑。我和她背后拿这事调侃多年，一直到我亲见老父面对人生终点的大无畏，再想起瑞琦转述老妈赞美自己丈夫时说的那句肉麻话，我这个身为二老不肖女的才眼眶湿润，感觉不同了。

其实家人中我老哥的记忆力最惊人，他博古通今，走到世界上哪个角落都讲得出故事，数得出典故。他“盖”起来一向有头有尾，前后连贯，不像我这样只有神来一句，还经不起盘查。他记性好的英雄事迹太多了，我统统不记得，只记得兄妹同游黄鹤楼的时候，他难得一次讲错朝代被我抓包，逮到机会就笑他“张飞打岳飞”，结果他面不改色地跟我说：就是考考你，看你知不知道。

博学强记是不是家学渊源很难说，反正胡乱记了一肚子“非学问”这事，以前对我的日常生活常造成困扰，因为很容易走神，上课、开会、听讲，甚至劳动中都随时分心。切菜切到手不用提了，说走楼梯都会摔下来也不是开玩笑，因为就发生过不止一次，有次还伤势严重到最后进了手术室。一直到我卸下家庭和工作上的责任，再度开始写作，脑子里的“张飞”和“岳飞”找到新战场，出来各就各位纸上继续开打，我在生活中反而沉静下来，不再思绪飘浮，感觉更能脚踏实地过日子了。

复出年来碰到好多人都对我能在停了三十年后重新提笔写作，而且成为“多产作家”大表佩服或惊异。瑞琦就常说：真是的，你就感恩吧，平常也没看你读什么书，怎么知道那么多乱七八糟的东西？

惭愧之余，我真的只能深深感恩，对“张飞”和“岳飞”各作揖行礼，三国名将缠斗宋代忠臣，他们在我这个宿主的脑子里混战多年，原是一场根本不该打起来的仗。这下好了，找到出口，还我太平。

一千零一日

二十年前在德资公司上班时欢送德国外派到美国的同事及龄五十五岁退休，他谈起家乡的退休福利，说是刚退休可以拿全俸，以后随时间递减：百分之九十，百分之八十，百分之七十……详情不复记忆，原则是年纪渐长所得百分比渐低。

德国佬预备退休后先和妻子在美国到处游山玩水一番再返国。我开玩笑问他：旅游的开销大于上班，而且退休后正有时间出去玩，德国政府课重税，怎么可以越老反而福利金发得越少？民族性就是“较真”的德国佬一本正经地回驳：政府经过精算才设计了这个制度，因为统计显示，人越老，吃得越少，也越来越玩不动，老人既然吃不下、玩不动，生活开销降低，退休金跟着减少，很合理。

那时“退休”俩字还不在我人生的雷达网上，听他说人老了会“吃不下、玩不动”虽稍觉沮丧，却没有多想，哈哈一笑而过。

时间飞快消逝，轮到自己也退了休。近来常常想起这件事，就当成趣谈转述，顺便听听身边的人有没有吃得越来越少，或者越来越玩不动的感慨？

被我“问卷调查”的几个朋友，都自觉吃得只有太多，动得不够；一致的抱怨是记性大不如前。有人甚至拿这做借口说要多打麻将，做“头脑体操”，加强锻炼。我想想自己近来总是心不在焉，丢东落西，有时候从楼上走到楼下就忘了原来下楼的目的，不免有点害怕我这个素来以记得一大堆奇奇怪怪东西傲视同侪的人，将来会遭报应提早失忆。

今天我穿的家居服上面有个艺术体的中文字“云”。有感而发，吃早点的时候跟先生说：“以后我的衣服上都绣这么个字，万一老得忘记自己是谁，拉起衣襟看一看，就想起来，噢，是我！”

先生说：“那我的衣服都要绣个‘星’，忘记名字了拉起衣服一看，就想起来，噢，是我！”

如果穿错了呢？我问他。那天我们是改名字，还是你以为你是我？我以为我是你？

先生笑得厉害，说：还记得说笑就表示没老。

我想起来一个几年前电邮转寄来的笑话，只是当年不觉得好笑到值得分享，最近想起来觉得忒好笑，就跟他说：你听听看这个笑话好不好笑？如果觉得好笑你就可能老了。

几个四十多岁的女士热烈讨论后决定去莫内咖啡吃饭，因为那里的男招待都很帅。十年后，她们五十多了，热烈讨论后决定去莫内咖啡吃饭，因为那里的酒食可口。又十年后，她们六十多了，热烈讨论后决定去莫内咖啡吃饭，因为那里的环境清幽。再十年后，她们七十多了，热烈讨论后决定去莫内咖啡吃饭，因为那里无障碍设施完善，方便轮椅进出。又再十年，她们八十多了，热烈讨论后决定去莫内咖啡吃饭，因为那里大家都没有去过。

他正喝咖啡，呛得差点喷出来（舍下的早餐桌上可是个随时会被别人咖啡喷到的危险地方）。一面笑，一面可能怕表现出懂得笑点是坐实上了年纪，竟乱以他语，忽然问我："欸，你记不记得我们上海公寓附近就有一间莫内咖啡？就在人民公园边停很多游览车那里，记不记得？”

“不记得耶。”我想这可扯得远了，正打算拉回话题，讪笑听众果然是位老人家，忽然发现自己竟也着了道，忍不住相视大笑。这回换他差点被我的咖啡喷到。

“太阳下山明早依旧爬上来，花儿谢了明年还是一样地开。”帅哥美女的青春像美丽小鸟，再唱几句也就来到“别得那样哟，别得那样哟”；白头翁妪的笑语似檐下风铃，只要煦风轻拂，就叮当不绝，清脆动听。

傻妹和英雄哥

晨起接到一通录音来电，是山城公家打给住户的警告电话。说有民众举报近来在本小区数度看到山狮（Mountain Lion）出没。Google 一下，发现我一直以为只是大野猫的动物，中文名竟然叫“美洲狮”。这名字挺吓人，而且录音电话警告住户这种动物攻击性很强，教导民众如果与山狮狭路相逢，要勇敢正面相对，等它走开，它如不走，你可缓缓后退，切忌转身惊慌而逃。如果穿有外套，赶快撑开，膨胀体型，与之对峙，等待（祷告？）对方退却。如果不幸被攻击，最佳策略就是跟它对打，拼命将之打跑，争取机会脱身。如果看到了，还能全身而退（这六个字是我加上去的），就打九一一举报。

以前某日傍晚出外散步时也看过不像家猫的特大猫不怀好意地瞅人，那矫健的大猫脖子上没戴名牌，还长着像山羊一样的长胡子。我当时以为那就是 Mountain Lion，回家还跟儿子胡吹了一通。现在对照网络图片，原来山狮竟是在动物园里看过外形像小号豹子的 Cougar 一族。那我当时看到的可能只是大野猫，或者是哪家养的胖大到变形的家猫。否则果真要是 Mountain Lion，那我还得与它对打一番才得脱身，现在就不知道还有没有这十根手指写文章胡说乱侃了。

我家也有过两只猫：绒球和麻丁。它们的来历很传奇，竟然是在墙壁里挖出来的。当然，可能只是邻居母猫偷生在院中某处，然后在搬迁的过程中从屋顶（烟囱？）掉到我家的墙壁里去的。不过在找来工人把内外所有可能的缝隙都检查封住以后，小猫最初究竟怎么会跑到墙壁中去还是无解，以致墙中出猫的原因始终成谜。

反正故事开始的那天晚上是儿子在计算机房里一直听到喵喵叫，却到处找不到来源。后来判断猫叫是从墙壁里发出，虽然觉得不可思议，却怕以后有动物死在里面更麻烦，于是循声凿壁而探，居然救出一只有着琥珀色皮毛的可爱小猫。

这么好看的猫还真的少见。因为不是纯种，所以它虽有暹罗猫美丽的毛色，却没有暹罗猫不友善的面相。那还有什么说的呢，就留了下来。儿子叫小猫“绒球”（Bobble）。老妈出钱出力带去兽医院检查身体打预防针不表。兽医说猫还小，约了长大到数周再带过去结扎。

过了两天，墙壁的洞还没补起来，又听见喵喵叫。神奇的猫洞里又挖出第二只猫。儿子叫它“麻丁”（Martin）。麻丁是只长相普通的小黑猫。可是第一只留下来了，没有理由因为第二只卖相不好就弃养，就也一并收留。所以说岂止以貌取人，人还以貌取猫呢。朋友就“菜”我，说如果先两天救出来的是小黑猫麻丁，可能我就都不让儿子留下来了。

养不多久，俩猫的特色就显现了。绒球艳光照人却愚蠢迟缓，麻丁貌不惊人却聪明勇敢。绒球不喜欢出门，静静地坐在屋内一隅，放饭的时候来吃饭，放风的时候也不走远。她平时姿态优雅，可是抓自己尾巴玩却老抓不到的样子完全是个傻妹漏馅。叫她“绒球”，她从来不应，我们只能乱学喵喵猫语引起注意。儿子说：“她这么笨，我怀疑她听得懂自己的名字！”

麻丁则肯定知道自己叫麻丁。他虽然决定要做一只“户外猫”（Outdoor Cat），难得进屋跟人亲近，可是如果他在附近，那叫“麻丁”就一定应声而出。和宅在家的傻妹绒球不同，英雄哥麻丁一天到晚在外面忙不停，捉松鼠扑麻雀，入地三尺刨土拨鼠的窝，上树一丈研究啄木鸟怎么弄出动静。我亲眼看见他耐心埋伏在草丛中扑猎一只剽悍的蓝松鸦（Blue Jay）作耍，也深信留在车道上的蛇尸是他老兄“龙虎斗”的胜利成果。后来因为他太喜欢献宝，常分享他的“部分”猎物，如一个鸟头或其他更恶心的东西，放在大门口垫子上当礼物送人，儿子就给他脖子上挂了个铃铛，警告附近的小动物，山大王英雄哥“麻丁”来了。

一年多后，我们须要搬离山上的家两年，暂住到车程距离山居十分钟的城里。两只猫也只好跟着搬家。傻傻的绒球在新家走动一圈，找到壁炉旁的一角，大概看见清扫壁炉的器具和歇息的软垫是旧物，嗅嗅转转也就傍依着安顿下来。英勇的麻丁却认生，赖在院墙上不肯下地。城居虽有院落，却毕竟不是麻丁心里的那座山。我跟邻居打了声招呼，说我们有只“户外猫”会到处走动。美国人都爱动物，一致说没有关系，这条小街上的院子都欢迎他。此后，麻丁几天不见猫影是常事，我们有点担心，可是城居生活对麻丁来讲未免太过无聊，就想也许他在哪家邻居的院子里找到新鲜玩意儿乐不思归也说不定。

当接到动物收容所按猫脖上名牌打来电话，说麻丁在离家好几条街巷的大马路上出了车祸往生时，我们虽有点悲伤却并不吃惊，咸相信他是在返回旧家的冒险途中遭到了横祸。他本来就是一只山野里的猫，不该带他来城里的。

儿子摸着懒洋洋的绒球说：“这个傻妹，她这么笨，她会知道麻丁永远不回来了吗？”

我说我不知道。这么笨，却知足守分、随遇而安的傻妹，舒服地卧在壁炉旁的软垫上，我知道她将这样醒醒睡睡，平庸终老，而且她在梦里可能还会抓到那条醒时永远抓不到的自己的尾巴；然而聪明勇敢，斗蛇捉鸟，念念山中旧事，却不许人间见白头的英雄哥麻丁如今安在？

从墙中捡到的两只猫，就这样，在两年后搬回山居的时候变成了一只。

逐鹿中庭

前几年在亚洲的时间多，美国的房子就交给当时刚上大学的儿子当家。他本来以为一个人生活不知有多逍遥，简直是迫不及待地把家人送走。结果独居没多久就开始在电子邮件和电话里抱怨这抱怨那，说是全美国也没有几个像他这样小小年纪就要担负起那么多家庭责任的。他放学了得代收全家信件、付他自己用的水电账单、应付上门来的服务人员，更何况他还要“保卫家园”，不让野鹿来犯。

那时母子之间虽然聚少离多却感情更加增进。像他说的，看不到妈让他更爱妈。虽然我因工作飞来飞去，个把月就能回来看看，毕竟都是短期居留。不再朝夕相处，和儿子见面反而变得很有话聊。起码对话不再局限于“回来啦”、“吃了没”

这些废话。我们常常谈心。他还把我当贵客款待，每次都亲自下厨，准备烛光晚餐招待。他好交游，朋友多，母子吃一个晚饭，他可以接 N 通手机。打岔的情形大概是这样：

“妈，一个人住好寂寞哦……对不起，接个电话。”

“哈啰？现在没空，跟我妈吃饭呢是……”

“妈，刚才说我很寂寞……对不起，接个电话。”

“哈啰？明天不行，我妈还没走。等下看了行事历再跟你敲定……”

“妈，刚才说到哪啦？哦，对，我很寂寞……对不起，接个电话。”

所以我一直没怎么同情他的寂寞。可是我现在真的很同情他当时需要面对的人鹿大战。

这个夏天我“当家”。成群野鹿成天随兴自在地绕中庭闲步，过分到与我隔窗对望也不当回事，径自慢条斯理地享用种在窗前的花叶。敲打窗子或大声吆喝它都当你不在。院子里原来盛开的玫瑰都被吃光了不说，车道旁有铁丝网围护，我正打算采收享受成果的有机西红柿和李子也都一夜之间全部失踪。有一天我正心痛地在浇灌，抢救被鹿啃得差不多成了秃干的新种酪梨树，几只鹿居然就停在“一石”之遥，等我走开。简直是嫌我在它们吃点心的时间出来浇水，很讨厌碍事的样子。

那天我气得到处去找儿子买来打鹿的 BB 枪，想至少朝空放两枪吓唬吓唬它们也甘心一点。因为它们已经嚣张到连我丢石头都只漠然地左右踱两步，就驻足观望，并不如我想象的那

后院野鹿

样地被飞石吓成受惊之鹿，匆匆逃跑走避。这一群寄居在我家的不驯之鹿，对我这个屋主，连表示起码的敬畏之意都欠奉。睁着假装无辜的大眼睛望着我好像在讥讽：“您就省点力气吧，那几颗小石子咱不怕的啦。”

儿子买这支枪来打鹿，被我臭骂过一顿，山居小区虽然每户相隔遥远，毕竟还是住宅区，就算在打鹿季节也不能随便动家伙。而且他鹿没打到，倒把家里的车子保险杆上打出几个弹孔。可是《孙子兵法》这小子肯定不懂，却能无师自通，领悟“将在外，君命有所不受”的精神。既然“子当家”，母命就当耳边风。还强辩说只用枪来吓唬鹿，绝不会瞄准了真打，否则怎么会打到老妈的车子上去？反正大人不在，小鬼当家做主，他就一意孤行，准备好枪弹，跟来犯的鹿算是杠上了。他同学尼克的爸爸一本正经地跟他说，如果打到鹿了，就赶紧打电话通知他来处理，他要扛头鹿回去打牙祭。

那次出事，儿子说纯属意外，他不觉得鹿是被他打到的。他说：“那头鹿走在斜坡的挡泥墙上，我朝它的方向放空一枪，它就吓得掉下去了。”儿子闯了祸，还怪鹿走路不稳。“一头鹿会在挡泥墙上走得掉下坡去，那还算鹿吗？可能它原来就发晕。”

他依约打电话给尼克爸爸。尼克就和他童心未泯的老爹迅速驱车前来凑热闹。儿子事后生气地告诉我：“尼克的爹压根就不知道怎么处理。他说他又不是屠夫。他只是不相信我真会打到一头鹿，随便说说。”

三个老少男人围着那头摔伤的鹿商量了一会，最后打了电话给本地警长来处理这件大事。警长到了又打电话给动物收容所，收容所说他们不收活的野鹿。大家对着受伤昏迷的庞然大鹿就有点束手无策了。警长说可能得先让它安乐死。

老顽童一样的尼克爸爸来劲了，拿言语刺激警长：“我赌你不敢毙掉这头鹿！你敢吗？我赌你不敢！你不敢对不对？”

穿制服的那位起先还端着执法人员的架子，可能受不起一个“死老百姓”一激再激,还有两个愣头青傻在旁边当观众。儿子说，说时迟，那时快，警长竟忽然掏出手枪在他们面前把那头倒霉的鹿给当场正法了。

“妈呀！”儿子事后告诉我，“电影里那些杀人场面都是骗人的。你知不知道光杀死一头鹿就有多难呀？起码开了三四枪才把它打死。西部片里杀受伤的马，就朝头上打一枪搞定，才怪！”儿子学鹿垂死挣扎几起几跌大嘶大鸣的恐怖样子给我看。“你看它们安安静静地在外面走来走去，一定想不出鹿临死可以叫得有多大声！我以后再不管它们在院子里吃什么了。”

台北的侄女曾来美国家中小住，看见院子里野鹿来来去去，觉得神奇。对趴在垃圾桶上乱翻，见人就呲牙咧嘴，忒不友善的浣熊也大喊：好可爱唷！等她们听说这个“大杂院”里还住着一窝又吵又丑的野火鸡、一只神出鬼没的红狐、许多迅若闪电的长耳兔，和在前院车道旁安家，看见来车就闪出争道的几户斑鸠家族，不禁觉得坐小火车绕了一圈却啥也没看到的野生动物园门票真划不来。

唉，算了，想远离尘嚣，把家安在山野里，是我入侵了人家的地盘吧？应该退让的是哪一边呢？是谁多事在野生动物园一样的地方围起铁丝网种花植果？那些吃的看的开车几分钟到超市里不都买得到吗？

对鹿来说，玫瑰花是好吃的，不是好看的。到底是谁不懂得欣赏好料呀！

打东东

电视热播北韩新闻，把朝鲜人民对领袖的崇拜当志怪报导，不免让我想起五十年前台湾也造神。我的小学课本里有一课描述大人物幼时在溪畔玩耍，看见鱼儿逆流而上就联想到人生要如鱼儿一样努力奋勇向前。这个小品文后来被我这一代拿来当成“典故”,成了讥笑“正经到不正常”的形容词，有点大陆流行语“五道杠少年”的那种意思。这大概是当年想以大人物做典范鼓励小学生见贤思齐的作者始料未及。

长大后我也从众用过这个“典故”,笑人正经得有点“二”。可是想想真不应该：喔，人家华盛顿小时候就能在后院砍樱桃树，我们的大人物小时候就不能到溪边去看小鱼？何况我自己也是一个从小就“想得太多”的小孩，小时候瞎想过的只怕更不搭界。当然我不“立志”，我那些小儿科想头完全就是闽南语骂人胡思乱想的词组写实：“想一挂有的没的。”

只有三分颜料就能开染房也算本事，可是如果不好好引导，严重的就要去身心科挂号。幸好我努力把缺点变成优点，用文字抒情，将不着边际的幻想编写成小说，找到宣泄管道。这样在真实生活中我才能活得潇洒踏实。前几十年不写小说，改写企划案，打的虽不是同一套拳，用的是同一派“内功”，效果不错；从事的行业即使和兴趣南辕北辙，基本胜任愉快。

可是无论多踏实正常地过着家常日子，有时候心里的那个潘多拉盒子还是会不小心开启一条缝，如果碰巧被发现，可能会以为看见喝了三杯雄黄酒后的白素贞。近年来老蛇成精，懂得控制，越来越会做“人”。重新开始写小说以后，更加心平气和，宠辱不惊；笔下天地玄黄，宇宙洪荒，生活上岁月静好，无风无浪。每天就是撕掉一张日历纸的事。

日历撕到年底，家里事情比平常多，可是这几天我赶流行，看上了一出又臭又长的“穿越”连续剧。便任性抛下即将出版的《民国素人志（一）——百年好合》校对工作，以及其他有时限的“正经事”，在网络上日夜“赶进度”看剧。

我住的山上小区因为地势高高低低，森林密密丛丛，邻居栋距辽远，宽带没有无限供应，超过限额就贵到肉痛。天马行空的连续剧看到尾声的时候，先生转寄网络公司电子警告邮件，注意到我没有接受暗示，次日移大驾走过来提醒，说是家中平时宽带虽然用不完，可是这个月碰上寒假，小孩都在家，全家日夜挂在网上，有先例在前，曾有当月没留神，收到账单破了五百美元，很不合算。

我心中对连续剧结局不无牵挂，可是毕竟是可有可无的低级娱乐，而且自知早该去做“正事”，就口中连声应好，说：不看了，不看了。先生看见我答应得爽快，反而感觉诚意可疑，就继续分析得失，并且善意提出解决办法，包括买 DVD 回来看，或去图书馆使用无限宽带。我的口中诺诺，心里电光石火，思绪到处“穿越”：唐诗有云“男儿屈穷心不穷，枯荣不等嗔天公”；自己笃信性别平等，自立自强，半生职场拼搏，简约朴素，退休以来，无欲无求，眼下竟须畏首畏尾，投鼠忌器，枉住富贵山区却看不完一个破连续剧？本非辛氏更非辛太，却想起辛弃疾拿自己姓氏开玩笑写的词：“艰辛做就，悲辛滋味，总是辛酸辛苦！”一时之间宽带有限，感慨无限。不禁长叹一声道：

“别说了！再讲，我就觉得自己混得实在太差了。”

无论这句对白多么突兀矫情，连续剧演到这里，男女主角相互幽幽一望，吟出两句符合对方心境的唐诗宋词是穿越戏说；微笑闭嘴，爱怜颔首，插曲响起，画面出现春花秋月，那是偶像爱情。不放弃加强教育,从“经济学”讲到“心理学”，鸡同鸭讲，越说主题越模糊，就是生活写实。

该花就花，当省则省的开销原则易懂，可是妖怪成天装成个人样，脑子里是些什么“东东”却着实让人费解。

朋友转寄来一个笑话“打东东”：

> 记者采访一百只企鹅每天的生活情形。
>
> 前九十九只企鹅说：吃饭、睡觉、打东东！
>
> 第一百只企鹅说：吃饭、睡觉。
>
> 记者问：为什么你没打东东？
>
> 第一百只企鹅没好气地回答：我就是东东！

我有时怀疑自己心里住着乱七八糟打闹不休的一帮企鹅；幸好一百只里面只有一只叫“东东”。

第二辑 情之为物

心理医生

素来乐观豁达，一向是大家康乐股长的朋友最近无来由地情绪低落。她独力教育儿子成人，奉养父母天年，完成了家庭责任，自己又事业有成，年过半百却忽然觉得前途茫茫："Nothing to look forward." 她像念经一样地对我说了又说。

她身边几个空有关心和爱心，却没有执照的"蜜医"（闺蜜之蜜），异口同声地诊断她为"更年期综合征"，建议她找有牌的正经医生去开点药吃吃。朋友笃信自然才是健康，认为吃药等于服毒，坚决不从。我就建议她去看个有执照的心理医生，聊一聊，揭开情绪低落的症结。朋友很怒："在美国找心理医生谈话要放洋屁，还有文化差异，讲些不痛不痒的话还不如跟你们说说。"

说得也是。我当无牌心理医生的历史比很多挂牌医生都还久远，口碑也不错。最有诚意的“病人”曾经从美西飞到美南来找我谈心。那都是多少年前的事了。那时候洛杉矶的心理医生就收她一小时一百五还是二百五。她说算一算，还不如买张飞机票来我家住几天倒倒垃圾划算。

老美心理医生其实颇制式化。据我完全没有可信度的身边问卷调查（就是那两三个曾经看过有牌心理医生的朋友的经验谈啦），和美国心理医生讲来讲去，看到一张吓人账单后的所得，基本就是“千错万错你都没错，如果有错那也是你爸妈的错”。美国的情境喜剧就很喜欢拿这说法开玩笑。甚至在我家，如果我对儿子有些什么在他不以为然的要求，我也拿此说耍赖：“没办法，我也不能事事明理，做妈的总得做些没道理的事让你以后跟你的心理医生有话聊。”

朋友的初恋男友来找她叙旧。她想来想去，拒绝了。她跟我们说，她心里永远保留了一大片给这个一起走过青春岁月的人，可是当初各自做出了“新娘（新郎）不是你”的选择，现在又被生活折磨得千疮百孔，难道见一面为了流年似水痛哭一场，再黯然作别？这位仁兄来找她，让她觉得原来他的心里也跟她一样，留了一片位置给她，经过了几十年都还未能相忘，兴奋地发现原来小时候读的琼瑶爱情故事并没骗人，是蒋晓云写的这一类“无情”故事才真是胡说。她甜滋滋地回答了个自认为超浪漫的“NO”，朋友们看着她在痛苦中快乐着。

如果这是我编的小说那就一定有一个比较合理（或仁慈？）的结局。可这是比小说荒谬的真实人生。所以，那位初恋老兄就并不是从此和她一样，走到两人牵手走过的地方，想到世上只有另一个人听过说过的傻话都会微笑，像在无法抗拒老去的绝望中和有情人不能相见的苦涩里调了一点蜜那样。

在残酷的现实里，那位老先生写了封信给老太太，狠狠地在三十年后再绝一次交。绝交信的大意是：哈？你不屑与我见面，还把六旬老翁的纯洁怀旧之思当成色狼邪念来防，那你现在被我从心中第一等贬为第五等了，以后有空才会想想要不要再搭理你。还列了一张表，从一等亲和女友之为他的第一等关系人，到路人甲之为第五等，把自己人分五等的理念详加阐述了一番。

平静生活被一通邀约激起千层浪，朋友无端坐在家中忽然冒出几十年不通音讯，所有回忆深藏在心的初恋情人，却因为未应“见面”之请就被连降五级，贬为路人。遭此无妄之灾的欧巴桑哭哭啼啼地跟我说：“你每次在那里乱讲什么‘吃了一只死苍蝇’，我都不懂，现在我这个感觉，真像吃了一只死苍蝇。”我告诉她：大姐，吃了死苍蝇是不知道怎么倒霉吃到那种不该吃的东西，会恶心可是不至于伤心，所以她吃到的可能更糟糕一些。

反正我是“无料”（日语，“免费”之意）加“无牌”的大夫，讲话不必负责任。就继续做权威状跟她胡说八道。我说，我要恭喜你，第一：你们当年没有选择对方。否则你就嫁了一个没有风度又小心眼，绝不“Take No for an Answer”的沙猪。想想你这不过是三十年一遇的游击战，就被K到一头包，做他的配偶那可不是终身战役？第二：你没有去和他见面。想想大家长期分离，思想南辕北辙，万一双方见面，沟通不良，一言不合，被他当面羞辱，前情已尽还要留下难堪的回忆。第三最重要，我必须再度郑重恭喜一次，就是原来阁下还有少女情怀。这真是千金难买。想想世上还没有镭射激光可以打掉一个人心上的老人斑。

哭出一个红鼻头的欧巴桑说："可是你二十岁就写爱情不可靠了，我怎么都奔六十了还这么天真？！"

好吧，看朋友这么可怜！嘘！透露一个大秘密：其实我一直想被证明自己是错的，可是，我美丽聪明、才华过人的女友们啊，四十年了，你们还是一个也没能帮上这个忙！

（注："欧巴桑"在日语中是对女性长者的尊称，在台语中等同：大妈、大娘、伯母、阿姨，未必特别有表示尊敬的意思。）

相忘于江湖

“泉涸，鱼相与处于陆，相呴以湿，相濡以沫，不如相忘于江湖。”

忘了第一次在哪里读到上面这句庄子里的话。圣人的重点可能在下半句，“与其誉尧而非桀也，不如两忘而化其道”。白话大意是说，与其赞美贤德的尧，鄙薄暴虐的桀，不如把他们两个都忘掉，回归到道理的层面来思考。

可是我少时对硬邦邦破题说教的后半句没兴趣，只关注前半段生动比喻中那两条可怜的鱼。因为水源干涸被晾在陆地上，相互亲吻，用唾沫沾湿对方，期能苟延残喘。这是“情之为物，直教人生死相许”吧？说什么“不如相忘于江湖”真煞风景！

更何况，以现实面来考虑，到了这种时候，逃得掉干死在陆地上的悲惨命运应该不是选项，而是奢望吧？如果能双双游回长江、大湖里去逍遥，又何必“相忘”？如果只能逃掉一条，那又如何“相忘”？所以年轻的时候，我不同意这句话的逻辑，倾向于相信拥吻着死去。像那两条鱼，一面痛苦地窒息，一面感受在困境中还有伴侣不离不弃的幸福，沾满了爱的唾沫一起走到生命的尽头。

随着年龄的增长，我常常想起这半句话，却渐渐了解了“不如相忘于江湖”的意境。

有时候相互爱慕的人，排除困难相厮守，可是在一起却会遭遇到类似“泉涸”的困境，分开反而可以自在地悠游于江湖。世间的事莫不环环相扣，牵一发而动全身，也许这条鱼不和那条鱼“相与”，就不会“处于陆”，也就逃得掉“泉涸”的噩运。反正庄子他们道家说的就是顺应自然和时势那一套，在一堆组成人生拼图的火柴棒搭起的架子上，动一根就会产生不同的排列组合或者整个垮掉。

几年前去日本度假，住在池袋闹区的旅馆里。一早出门就看到一家店是大热门，顾客天天排着长长一条队伍在门口等着开始营业不说，平时走过也见到有人零星站队。排队的男女老少都有，而且多数是成年男子，更不乏衣冠楚楚提着公文包的上班族。过去一探究竟，惊讶地发现是等着进场打钢珠游戏“柏青哥”。

完全不懂亚洲文化的儿子小威哥纳闷地说：这有什么好玩?

我告诉他“柏青哥”是一种赌博，排队的顾客等着开门进去好占坐赢面大的好位子；赢得的点数可以换奖品。对面或附近有其他的店，以现金收购这些奖品，所以绕一圈顾客就把赢的钱合法地拿出来了，可以看成是一种有日本特色的吃角子老虎游戏。

小威哥还是嗤之以鼻，对一群大人在那里排队等玩小孩游戏不以为然。我就跟他说，我对钢珠游戏一向很尊敬，第一次玩的时候就觉得，哇，真有哲理！看，当钢珠射出第一击的时候，它一生的旅程多半就决定了；打的人只有有限的控制权，在滑进万劫不复沟道的时候做了正确的挽救，还可以起死回生。可是除了特别有才能的玩家，多数的钢珠由出到入都是运气，碰到的每一关都又决定了钢珠下一关的去路。

有的钢珠在里面转得又久，得分又高，有的钢珠一下就玩完。

我说：这可不像我们的人生吗？

小威哥说：老妈你说话很夸张耶。

他把我拉到乌烟瘴气的“柏青哥”店门口，说：看！这就是一间在拥挤都市里的小赌场，这些人看起来没有一个是哲学家在这里追寻人生的意义，都只是人生的输家（Losers）。他们坐在这里只因为别无选择。如果他能去拉斯维加斯拉吃角子老虎，他就去了，才不会坐在这里或在外面排队等着打钢珠。只有写小说的才会把简单的钢珠游戏和复杂的人生想到一起去吧！

早秋开学的时候，儿子大威哥跟交往三年的女友因为女孩要去美东上研究所，认为远距离恋情无法维系，伤感而理智地分手了。这个女友大学时候每年来我家过节，现在又到了假日季节，家人之间开始商议安排行程和其他过节琐事，不免谈到旧事让大威哥触景，生出若干低落的情绪。我听他说起自己的小小悲秋，就想找机会跟他谈谈庄子的这两条鱼。可是我想他多半会像弟弟一样泼老妈冷水，说：“那是两条没有及早发现水位下降赶快逃的笨鱼。老妈你和那个庄子都想太多了！”

哪个不多情？

电影里常有坠落地球的外星人，穿越时光隧道来到现代的古人，或者海里跑上岸的美人鱼之类，初初来到当下人类的环境中利用看电视学英语的情节。我每次看到，都会想起几十年前自己离开家乡，刚上岸 (Fresh Off Boat) 时每天窝在家看日间肥皂剧“恶补美国”的生活经验。

那个时候常看的一出日间长寿剧叫《The Young and The Restless》剧情基本符合片名，就是剧中人老老少少都恋爱谈不完，双双对对以排列组合的变化来加强剧情的曲折性。不过根据小报的说法，长寿剧角色的命运其实和真实生活中演员的合约、个人健康、其他状态，以及是否要求过分的加薪等等，都是相关的。所以某种程度也反映了真实的人生。这个戏在上世纪七十年代中期就很火了，没想到上个月我下乡度假竟在旅馆里看到新版。我不禁纳闷，现代的人精力就如此充沛，演了三十几快四十年了，还 Restless 不肯打烊？

和我差不多年纪，在大陆出生的朋友大概还算“老三届”；经历过文革，知青下乡一类的政治运动，每个都水里来、火里去地很有些人生经验。除了大老板和高官还有余裕搞七捻三，我看到的多数平民百姓都老老实实退居二线，眼下俱以含饴弄孙为人生的最高追求。可是在台湾出生的同龄人，尤其像我这样在城里长大的，少时环境里充斥着“三厅”式的爱情小说和电影，年纪大了也难安分。我一位现在失联了的少女时代闺蜜，在美国读完大学以后蹉跎成了大龄剩女，就跟我抱怨过都是小时候在台湾看多了爱情小说，对爱情产生错误憧憬才导致后来情路坎坷。

别的十几岁台湾青年同时期也许正思考如何救国救民，打倒威权，或促进世界和平，这我不清楚。不过那时我在台北的死党多以谈恋爱为生活中的头等大事。谈恋爱要浪费很多时间的，不光是约着出去玩就完事。在一起的时候男的说了啥，女的说了啥，你怎么说，我又怎么答，都要存心留意。男生不详，女生约会回来要找手帕交一五一十交代、分析、研究，开检讨会商议、改进、讨论对策。我那时常想，恋爱时的女生不管长成啥样，心里都住着个林黛玉。好吧，未必都是多愁善感才貌出众的林妹妹，可是绝对是个小心眼。

我当年看电视学英语的时候，看到那些老不“休”（The Rest less）的剧情觉得胡说八道，就去吃零食、上厕所、打电话，坐不大住。没想到时间过得飞快，转眼自己也从 The Young 群体中出局。然后就发现原来肥皂剧剧情还并不像我当时想的那样偏离人生。

四十岁以后我归纳出一句常用“金句”告诉前来向我诉苦的闺友：“你再跟我讲某某，我就要告诉你埃塞俄比亚饿死了多少人。”结果现在我们都奔六十了，那句话竟然还有用到的时候。

不记得哪里看过，说婚姻制度是人类平均寿命三十岁时候的产物。现在因为大家越活越长，人生重新洗牌更换伴侣的机会大大增加。以前我以为只有好莱坞夫妻戏如人生才能如此潇洒，现在看看身边离了婚的朋友也许多都跟前配偶结为好友。最让我叹服的是有一位前夫跟现妻闹家务打架，被当家暴嫌犯抓进了警察局，唯一可以打的一通电话没打给律师，而是打给前妻叫救命。当然，我这个朋友是位侠女，可是能让前夫这样托孤寄命，也是放下所有做夫妻时的恩怨情仇，真正升华为友谊了。

最近一个朋友有初恋男友找她单独出去“叙旧”,害她“老鹿”芳心一时仿佛回到少女时代一般，举棋不定，几番沉吟，只怕相见时难别亦难，不知道自己应不应当赴约？当年 The Young 一群人相互通气，友朋之间一说两讲，发现已是六旬老翁的初恋男友仁兄罔顾家有悍妻，正到处在跟从前有过暧昧的异性约会，纯聊天“遥想当年”，还自况恍如被国民党拉夫的老兵返乡探亲，会见行前未及圆房的童养媳。有缺德的妙评，说这个行为可能是以精神治疗代替找泌尿科医师挂号。当了几天“小鹿”的欧巴桑听说自己不是唯一名单，不免大失所望，泄气非常。在旁边“打酱油”的我却领悟到原来 The Restless 竟不是“戏说”。

这大大鼓舞了我写作的士气。因为我写小说“珍珠衫”(《民国素人志》第五章)一直断断续续疙疙瘩瘩不顺利，自己分析原因之一就是主角都是 The Restless，老又不“休”。老人不谈《乐山行》那种散散步、说说话的黄昏之恋，对作者自己也是拓展新视野。我随口问问身边朋友做个全然没有可信度的问卷调查，结果，有一个说合眼前想会见从前的爱人，要厘清三十年前分手的恩怨；有一个信轮回的说当年对他太坏可能造成永久的心灵伤害，想面见化解，免得纠缠到下一世；又有一人已经相见过，说对方中年失婚，老来孤家寡人，虽然生活富裕可看来精神生活贫瘠，心中内疚凄然。

上网一查，发现寻找初恋和旧爱的银发族好像还真不少。既然现在老老少少没有哪个不多情，我也不必烦恼自己编的故事太过天马行空。多谢真实世界里这些 Restless 老不“休”们躁动不止息的春心，帮我解开正在打结的创作 (Writer’s Block)。特为此记。

（注：台语中鄙薄年长者欠缺修养，行为不端正，有“老不修”一词。文中借用同音字“老不休”对应英语中的 Restless。）

苦主

回台湾小住和老友们餐叙不断。不知是因为我的杂文几次扯到初恋情人，还是因为我离开家乡的时候很多朋友的昔日爱侣和现在的“牵手”不是同一人，我这个四十年前老友的出现让朋友们纷纷忆起，甚或得到机会与青梅竹马重逢。其实以现在的标准，当年那些无猜两小，除了少数特别早熟，一般都只算得上是“儿时玩伴”,真够不上叫“旧情侣”或“老情人”。

有大方的就把小时候的男女朋友介绍给现在的配偶。有一个男的朋友爱开玩笑，还对他的小孩说:来，来喊“大妈”。

忘了他太太在不在场，如果在，可能也是个和丈夫一样幽默感强而且度量大的女士。也听说有特别怕太太的男士闻风色变，明明没事，却搞得遮遮掩掩。一个女友说话直接，听说在座有位男士特别紧张，一再交待不能让他太太知道餐叙的时候有小时候的女朋友，最后一刻干脆怯场不到，以示清白。女友就说，笑死人，我们这年纪跟前男友去摩铁鲁（台普汽车旅馆之意，Motel 一词先日语化再在地化的结果）都绝对是真的肚子痛要借厕所，更何况是一大堆人吃个饭，这样怕太太也太离谱了。另一位熟知内情的男士就说：有些女人就要人家骗，有前女友的场合他不来参加，做出对太太效忠的样子，其他老婆不知道的，什么地方不去，什么坏事不做？

席间又有人开玩笑说男某某和女某某从高中就在一起玩，可惜最后没结果。婚后一直不老实，最后还离了的男某某就告饶道：嗐！要是结了婚，那苦主不就是她了吗？还是做朋友吧！

“黄花对酒疏狂客，且把他乡作故乡。”老华侨已经忘了几十年前初履侨居地的文化震撼。反而老大回乡，天天有新的体验。

上世纪六十年代和七十年代出生的侄女是台湾所谓“五年级生”和“六年级生”，她们跟我抱怨，她们的同学也都是社会精英，专业人士，辛辛苦苦工作却常常还要父母金援，因为“钱都被你们四年级(五〇后)的赚走了”。

我认识的人不多，不过四十年前的老友们在台湾显然赶上了“好年冬”，看来倒真的如我侄女所言，都过得挺“滋润”。起码出手待客就比我的老美或华侨朋友大方，我得以登堂入室的几家，也都住得很舒适体面，聊起天来口中被套牢的股票也以百万和千万为单位。可是经济宽裕不代表家庭幸福，许多人的婚姻和感情都像走进了死胡同。

受居住地流风所及，我所知道的华侨家庭(例如舍下)，父母子女之间也像西人一样口中“宝贝”来“甜心”去,“再见”一定加上“爱你哟”；大人小孩说得熟极而流，连意见不合，吵起架来了，最后都还因为积习难改，预备摔电话之前都要恶狠狠地来一句:“OK!Love you!Bye!”所以往往两夫妻都要签字离婚了，嘴上还在爱来爱去，看得局外人一头雾水。

可是在台湾的老朋友,夫妻之间很多小孩还小时互称“把拔”和“马麻”，初老空巢则叫对方“喂”；挂断手机前要么不说“再见”,要么说成“就这样”(我听起来等同“少啰嗦”)。老夫老妻这么交流个二三四十年，局限在一个有限的空间里

（我所见最大百来坪，约莫三百平方米），低头不见抬头见，越在外面跟朋友热闹哈啦，回到家来就连话都越懒得跟那个叫“喂”的人好好说。在我小小的样本池里，我看见做夫妻前做过朋友的，在爱情荷尔蒙退去后能回头去做朋友，就看起来还有说有笑地起码相处融洽；做不成朋友又不愿意忍气吞声当苦主的，就成了仇人。不过奇了，几位小时了了的朋友竟都习以为常地赖在这种不愉快，甚至有害身心的关系里“与敌共眠”，宁可日日攻防，也不思改变。让我这个化外归来的朋友不胜唏嘘。

如果相信报应和轮回之说，情侣之间哪怕曾经再爱过或恨过，都只有今生无来世，夫妻却要纠缠七世。一头栽进这样久远的关系，不该小心经营，避免冤冤相报？要是搞到积怨太深，不定哪一世就登上了醒世姻缘榜，成了小说素材。能不慎乎？

红粉和粉红

旅居美国的高中好友看到我在台湾玩得高兴，拿了几天假也回来凑热闹。在地的高中好友是贵妇，开了高档休旅车来访，打算载两个老华侨去淡水和八里这些景点走走。还没出门，有人讲到膝盖疼痛，听说在桃园有一位推拿师有秘技，可以一试，立刻得到全体响应，脖子痛的，手不能弯的，什么毛病都出来了。当下改变行程，一行四人，加起来两百多岁，都不北上去郊游了，改成南下去看病。

美国来访朋友的痼疾一次没能看好，过两天又被介绍去另一个民俗疗法的所在。这次只有我奉陪。

两张床并排，我看那个阵仗以为是精油按摩，正放松了准备享受，旁边的朋友开始唉唉叫。我赶快请推着我的背的师傅手下留情。旁边就有人冷声发话，说是：推得轻了哪会有效果，这里是保健的，不是来爽的。

我趴着只能看到床下一只置物篮中放着的我的皮包，不晓得屋里除了朋友和我背上那双手的主人，还有谁在说话。耳边只听得人来人往，和朋友哀叫得像二战沦陷区良民被抓进了日本宪兵队。只好对这位只闻其声的女士说自己穴位敏感，不能吃力。充满了权威的声音就说：不通则痛，你朋友痛得叫是因为气血不通，一定要疏通，否则不会好。你们这种情形是第一次来的人很普遍的现象，我们这里的老客人就不会痛。

停顿了数秒，也许是听见哀叫未歇，动了恻隐之心，就略带“放过”之意地说：那今天帮你们拔罐好了！

好没好？“这个不好说”，反正结果是两个人走进去，两只豹走出来。我和朋友互相取笑身上的青青紫紫各色花斑，和一个一个圆圆的拔罐留下的红印。朋友说：真像你说的，变成粉红豹了。

粉红和红粉真的差很多，就像“粉红豹子”和“红粉知己”之大不同。

我在台湾已经多次听到少时男性朋友用到“红粉知己”

这个词，他们一般拿来泛指婚姻之外和男士有亲密关系的女性。

我特别去“孤狗”Google了一下，发现我原先对这个词的理解是正确的，“红粉知己”的原意是以男子的角度看，与之有纯友谊的女性知交。坊间拿来指称有暧昧关系的女性朋友是误用，可是以讹传讹，紫已夺朱。至少我那几位欠学的男性朋友都用这个词来介绍年纪小个二三十岁，和男士有罗曼蒂克关系的女朋友。我猜想是因为“红粉”总让人联想到“佳人”，所以这几位老兄就犯了很多男人都会犯的错，让这个成语蒙受了不白之冤。

我警告已经成了粉红豹的单身女友，现在断不可自称，也不可被称，是人家的“红粉知己”。

一天三个好友三娘教子，和一个高中时一起玩的男性朋友餐聚。男士几年前离婚，五天后就经由朋友的“红粉知己”介绍了一位小他二十多岁的“红粉知己”为伴。据小道消息来源告知，两岸三地都有“红粉知己”的小圈圈，“红粉知己”们相互支持，形成人力资源中介服务，一旦得知哪里有经济殷实的男士身边人“出缺”，就会有人介绍“补位”。我们这位男性老友和三位老太太吃晚饭的时候，他的“红粉知己”就拿着极可能是他的信用卡，在旁边的百货公司襄赞周年庆，顺带等候“良人”餐叙完毕，来接可能喝多了的老家伙回去，敬业的态度完全是当份工来打。跟我们吃饭的老家伙也毫不讳言，“红粉知己”的 Promotion（升职）就是“扶正”。

这让我想起几年前听说的一件轶闻，侨居地有一位男士脱了一层皮后终于和原配离成婚，娶了他在大陆出差时结识的“红粉知己”。喜事办完后，回来找朋友吃饭，正式介绍小新娘给大家。席间男主人替客人添茶，不慎把热水在自己手上浇了一下，小新娘捧过老新郎的手，看着那一小片烫红了的皮肤，当众就落下泪来。

“输了，输了！”在座女士很多都是离婚男士前妻的朋友，私下发表感想，“这也哭得出来？换了是我，一定要骂：老头怎么这么笨？倒杯茶都不会！”

糟糠们不能“为君烫伤双泪垂”，只能带着因为上班兼持家几十年操劳出来的一身“老伤”去保健按摩，被女大力士推拿成粉红豹，却当不了糟老头们的“红粉知己”。不知道是谁该检讨呢？

不若彼裙钗

前言：

这件三十多年前的“古物”是台湾印刻出版社为出版繁体字版散文集《哑谜道场之香梦长圆》而发掘出土的。谢谢印刻出版社的小施小姐，让老华侨再一次和自己前身的台湾小姑娘，在奇妙的时空之间不期而遇。

当时这篇为失恋姊妹发声的小文章发表后引起不少回响，如果没记错，前辈作家杨子先生还响应了一篇《裙钗未若彼》，列举实例，替拙作中被骂薄情的男子喊冤。不想老华侨方才感觉洞中方一日，杨子先生却作古有几年，文中提及的妙龄女郎也个个都成了台语中的“阿桑”(伯母)。

“年年岁岁花相似，岁岁年年人不同。”哪怕浮沉情海中，婴儿潮世代现在退居二线，试管婴儿们初登亮相。只要爱情还是人生的重要课题，恋爱和失恋就会一直发生，这篇文章也许稚拙，自己重读却不算过时呢。

不若彼裙钗

读高中的时候，国文老师在课堂上讲闲话，问大家红楼梦的人物里最喜欢谁，于是黛玉、宝钗、探春、惜春，大家哄哄不休，连刘姥姥亦是受欢迎人物之一。最后想起来请问老师喜欢谁。他说是贾宝玉。

全班于是又笑又骂。那时正流行老查（七十年代好莱坞硬汉影星 Charles Bronson）一类的警匪片，阿兰·德龙（七十年代法国英俊小生 Alain Delon）都改变柔情戏路专演冷面杀手，在个女生班里，年轻男老师说喜欢贾宝玉，一定要当新闻传到别班去。

可是许多年过去了，听到的看到的遇见的人，都不再限于一“班”以后，渐渐才知道贾宝玉的可爱；至少这个人能体认女子的可爱就够教人感激的了。

我不是妇解分子，虽不高唱“宁为女人”，至低限度对自己这一层身份也算安分，然而还是要看到这个社会上对女性的不公平，比如说同一公司里，男性职员即使能力较差，升迁的机会仍然较佳；同样的履历去应征工作，老板却更愿意聘用男生……

不过这种种情况，其来有自，而且也在改善中，不在讨论之列。现在要印证到题目上去的，是就感情问题而言。

我的一个已婚朋友，有一次和我谈起她自己婚前的男友：“那是我的初恋。你想想看，我读了六年女中，三年家专，他是我认识的第一个男孩子。他很高，一百八十一公分，书念得很好，长得也不错，跟他交往了三年，你知道我那时候几公斤？四十八公斤！我现在六十公斤。你知道我为什么那么瘦？就为了他来找我，我紧张得吃不下饭，他不来找我，我想他想得吃不下饭，就这样得了神经性胃病，瘦得只剩四十八公斤，每餐饭能吃这么一小口，我妈就很谢谢我了。”

眼前白净富态的少妇，拇指食指虚虚一圈，比了一份她从前的饭量给我看，又幽幽背诵起那男子昔日情书上的一些句子："……他会抄一首诗在后面，我还记得那年中秋节，他在南部当兵，他写一封信给我，后面写了两句：但愿人长久，千里共婵娟。我当时真是太感动了，他还寄了一颗红豆给我，我就特别去镶了一条K金链子，把它戴起来，天天戴。"那遥远的恋情似乎又在她心中鲜活了起来，她的眼眶红了。

"你知道后来我们怎么分的手？我们交往的三年里，他有两年在当兵，可是他虽然在当兵，我并没有交别的男朋友，我一心一意地对他，我们两家的爸爸妈妈本来就认识，大家也都认为这件事就是等他当完兵了。我一直等，好不容易等到他快要退伍了，哦对，那个时候他信写得越来越少，可是我也没放在心上，我想反正他快要回来了。后来他回来了，可是他没通知我去接他，回来过了两天才打电话给我，那天我就哭了一下午，我知道他变了，我姐姐气得不得了，要去问他，我叫我姐姐不必去了，后来他就再也没有找过我了。你相信吗？三年，三年就这样一个电话就完了，事后我才想起来，他一个朋友曾经对我说，他当兵的时候你应该常常去的，你去得太少了。”

“你就不把事情问问清楚吗？”我是凡事必要盘根究底，而且是最不能冷静的听众，十年前女性的委屈亦会教我生气。

“还有什么好问的呢？我打过一次电话给他，他不在，我留话给他妈妈，他也没有回话。可是你想想看，我如果真的嫁给他，我会幸福吗？像我现在，我很快乐很幸福，我敢说我如果没有嫁给我先生，我一定不快乐。真的，谈恋爱和结婚是两回事，等你结了婚你就知道了。”

我二十岁就确定了自己的感情观，一连写几篇小说，如《掉伞天》什么的，说的也都是这意思，正好和她的体认相仿，只是有一点我没想到：我一直以为何等轰轰烈烈的恋爱，都一定会在生活里死掉，死到连个泡泡都不留，可是看见她，这样深爱着丈夫孩子，这样自觉愉快幸福的女人，还可以把初恋如此牢记，含着泪娓娓诉说，我是既诧异又伤心，因为我想起我另一位已婚朋友说过：

“唉！男人哪，十个有九个半，都说从前有多少多少女的追过他，对他怎么怎么好，你听有哪一个说过他从前怎么追他女朋友的？”恋爱的记忆通常都在男子的虚荣心中被过滤了。

我另外一个朋友和相恋经年的男友分手，这破裂的一对倒是为分手数次长谈，然而那男子亦是举不出一点支持自己的理由，只好无的放矢，胡说一通：“……我爱你还没有爱到要和你结婚那么爱……当初也是你先来找我的……”

话很多，最刺激我的是这两句，听了就忍不住要破口大骂，我的朋友是比较洒脱的一型，她表示事已至此，让它去吧，何苦为此吵架，然而半年后，那男子和一新认识的女子结婚，她还是一场好伤心。

还有一个朋友，她是很浪漫的，她明白地告诉我：“我不喜欢你的小说，你把爱情写得太残酷了。”她追求的恋爱是蜡炬春蚕，要缠绵至死，才能如她的愿。

她终于还是失了恋。她美而慧，我们这些朋友和她自己都想不出来，她究竟为了什么而失恋？她像脱了水一样，一天天瘦下去。她打电话给他，他只说抱歉，为他说过的情话不能负责而抱歉；她写信，说她的爱和她的愁苦，他不回信。她是执着而坚持的，虽然他对冷漠的坚持已经摧毁了她对自己的信心，可是她持续了两年，在分手之后，给他寄生日卡、圣诞卡，他却只是继续地毁掉了她对台湾邮政的信心。

更惨的一个例子，是男子的反守为攻。这个朋友和男友相恋七年，严格一点算，应该是她爱他七年，他表示也爱她凡五年。他大学毕业以后出了国，她在台湾老听说他另有情钟，隔海吃起真正的飞醋，航空信件越洋电话闹个没完，终于弄僵，那男子最后一信，说是信上缠不清不要再写，一切等他回来了断，傻妹信以为真，静静等待。等啊等，终于回来了，两人相见，互诉相思，仿佛言归于好，满天云雾散尽。傻妹喜滋滋地要带他回家，禀明父母，准备结婚，没想到男孩子另有意见：“太迟了。我从前一直求你，你是怎么对我的？我在国外那么苦，你除了找我吵架，你还做了什么？我没办法忍受你了，再说我也不能对不起我在美国的女朋友。”可怜这个女孩子，哭得个泪眼不干，原来她引颈企盼的居然是个复仇使者，他千里万里飞回来就是要亲眼看着她心碎。

我常常觉得自己所有的冷静温柔都写进了小说里，以至于生活得情绪激烈，朋友的事也拿来当自己的事般操心。不能冷静地来想来看，这些倒霉的恋爱故事就不是写小说的题材。可是失恋的女孩这样多，这些情形必然有它的共通性。谈恋爱应该是极好极美的事。虽然现代人受西洋电影及文艺国片影响，肉麻情话说个不停，稍煞风景，并且予写故事的人大不便，越想写实就越写得像三流剧本里的对话。既然曾经相爱，为什么就不肯让它好好地收场？一个男子既然能说服自己抛弃曾经爱过的女友，为什么不试着好好地去说服她？对女子冷漠教她知难而退，和骂她教她走开一样没有风度。

爱情是会转变的，尤其在有人递补的时候，那种改变更是快得不得了。可是交个朋友，结个仇人同样是一桩爱情的了结，与其给自己来个大洗脑，光记得人家一件件不好，何不站过去替对方想一想，拿出曾有的默契，体恤体恤她的心情？女子可爱，就是至少在情感问题的处理上，能够有情有义，即便分手，留下的亦是怀念，不是怀恨。

一九七九年七月二十日《联合报》副刊第八版

不老此裙钗

前言：

女友给作者鼓励，说是三十多年前的拙作“不若彼裙钗”现在读来还是有趣。作者经不起夸，立刻得到灵感，再接再厉，超过半甲子后再度为我辈裙钗发声，成就这篇小文。

几位久居国外的女友返乡孝亲，一致认为已经离开父母家几十年又回头去做老女儿很不习惯。其中一位讲起老妈半夜三更悄然摸进房里查看五十几岁女儿有没有踢被子的时候，笑中带泪，摇头叹气，为自己不能体恤亲恩，感觉“不孝”。

原来曾几何时，游子梦中母亲那双温暖的手，过了几十年竟成了华侨阿桑返乡现实生活中的午夜惊魂。父母之家已非儿家，出生长大的家乡也需要重新适应。

单身女友纳闷道：“嘿，很奇怪，在美国我从没觉得自己老，回来这里好像人家都觉得年纪很老了。也是啊，如果照台湾算虚岁，都快六十了耶，怎么也不能装嫩了噢。可是我就是不觉得自己老，怎么办？”

我在上海的时候看过几次找老伴的地方台电视节目，叫“精彩老朋友”(沪语发音类似“老伴友”)，好像四十岁以上就符合资格参加节目找“伴友”。一位即将当新娘的女儿替母亲报名参加，以亲友身份上台推荐，说：不忍心自己出嫁后，“老人”寂寞，所以替她四十二岁的妈妈报名寻找第二春。

还有一次时近重阳，看见路边有小区搭台敬老，驻足凑热闹，主持人一一唱名：“某某某老人”，当众喊出嘉宾年龄“NN岁”，接着请上台接受表扬。

台湾避称“老”，哪怕对方看来像八十岁，你喊“小姐”也不得罪人。大陆不同，是把“老人”当尊称的。然而让我吃惊得合不拢嘴的却是听起来五十岁就是担不担得起“老人”尊称的门槛。按照那低标，跟我同时辈的电影明星都可以改称：“成龙老人”、“青霞老人”、“楚红老人”。亏得我以前听见“巴金老人”、“冰心老人”还以为要老到九十岁以上，连喊“先生”、“同志”都嫌不够尊敬，白话又不称“子”（老子、孔子家喻户晓，可是巴子？冰子？听起来的确不太像话），才别出心裁喊“老人”。

第一次在大陆看见、听见“老人”这个称呼，我别扭了很久才习惯，没想到这么快就可以用到自己身上了。“晓云老人”，听起来高寿又有气势，一副德高望重的样子。不过如果此后二十年之内有人这么尊敬我，可能会被赏大白眼。

“起码在台湾人家看着我们这张脸还叫得出‘小姐’！”我告诉女友，“前几年我在上海买东西，人家都喊‘阿姨’，我还怕他们快叫我‘老人’了，还好后来向台港澳学习，现在叫‘姐姐’，听起来舒服多了。”

“废话！我们再不年轻也比‘美青姐’小几岁吧。”女友开玩笑，“人家连‘夫人’都不当，我们这一代不做‘姨’不做‘婆’，最高到‘姐’就够了。蔡英文跟我同届，她还是‘小龙女’，也没人喊‘小龙婆’！”

婴儿潮世代的女性绝不言老，而且仗着人多，引领风潮，改变文化，脸皱就拉，嫁错就离。我多位女友都恢复单身，再展少女情怀，勇敢追求自我与感情，真是要得！可是她们也不无怨言，因为除非“和番”，多数“适龄”华裔男人好像并不懂欣赏女人如醇酒，越陈越香。一位单身男性“老人”朋友对女伴的年龄要求从二十五年前就停在二十五岁，“逆水行舟”，那个标准现在应该交棒给他老兄的儿子了，他还九死不悔。

六十年代有首名曲：Where the boy sare？我曾经把歌名文绉绉地翻译成“须眉何在？”。如今裙钗抗老，当年须眉却不见长进，满脑子还是只想找“美眉”。难道要不老裙钗们续唱：“老头何在？”Where the old men are？

忽然想到一个出处不详的台式笑话：一位欧巴桑特意打扮得花枝招展去拜拜，自己也觉得有点过于慎重，不过向神明致敬，不可马虎。出门坐上事先电话预约的出租车，运将发动汽车，一面向基地台以无线通讯番号报到：“五一七！五一七！接到客人，五一七！”

后座的欧巴桑闻言大怒，伸手就拍前面驾驶员的后脑勺，骂道：“啥咪伍么拐（什么有妖怪）？恁祖妈今天只是粉搽得厚了一点！”

裙钗不老，不光靠涂脂抹粉，更重要的是由内而外。抱元守一，理直气壮，随便糟老头想挽的女郎是几岁，说出口的又多么不敬老尊贤，我辈心中无愧，才能做到宠辱不惊。如是，“须眉何在”无有哉！

后门桃树下

张爱玲写过一个题目叫《爱》的短文，第一句就是“这是真的”。说一个十六岁女孩曾经跟住对门的年轻人在后门桃树下偶遇，只说了一句话，却留下终生念想，历经人世沧桑后，还一再地说起当年邂逅。结尾的一段是这样写的：

“于千万人之中遇见你所要遇见的人，于千万年之中，时间的无涯的荒野里，没有早一步，也没有晚一步，刚巧赶上了，那也没有别的话可说，惟有轻轻地问一声：‘噢，你也在这里吗？’”

有某国教授做过研究，发现“爱”不像年轻张爱玲写得那样浪漫和恒久，数据显示男女相爱时会产生特殊分泌影响大脑，科学家做结论说爱情是荷尔蒙作用，而且“赏味期”只有一年。多年前这个说法给了几个聪明人好借口，都说不相信也不追求爱情，择偶的时候拿出全副理智，有的甚至还拿出计算机精算。我亲见当年他们花力气追求“合适的对象”，却有意无意地错过了“相爱的人”。

二十岁的我看见爱情众生相不免感触，发挥想象力，写了几篇大龄男女追寻爱情和婚姻的小说。夏志清先生替我写序，说我预见了自己世代的“无情”。大陆一九八六年的盗版干脆把书名就起了叫“无情世代”。我看见网上还有盗版读者的评论，说是:“偶然的一个机会，读了台湾女作家蒋晓云的《无情世代》便再也放不下手。如果说琼瑶式的言情小说在着力写一个个‘笼着轻纱的梦’，蒋晓云则是无情地撕开了这层玫瑰色的轻纱，让大家看到了生活中的人们有着怎样的爱情与婚姻，这是一个真实的世界。”

一个闺友当时却跟我说最不喜欢看我的小说，不但打断了琼瑶小说对她的爱情教育，也破坏了她对爱情的憧憬。没有放弃追求的她后来恋爱和失恋了许多次。可惜我们同在美国，却各自搬来搬去，终至失联，所以我不知道她的近况。可是这次回到家乡却活生生看见当年理智挂帅，选择了合适对象的几个朋友到了初老之年，感情居然都出了状况；有的痛快离了婚重新开始人生，有的拖着有名无实的婚姻打算就此终老。反而选择了爱恋对象结为夫妻的婚姻倒都经得起生活和岁月的考验，如果双方都身体健康，眼看可以快乐相伴，白首偕老。

一位熟人年轻时相貌美丽，心气也高，在台湾读大学时就目标明确，非“公子”莫嫁。结果喜欢她的名门子弟是纨绔，她看上的名门却嫌她“寒门”非偶。结果大学读完了也未能如愿“嫁入豪门”。幸好留学美国的时候挥出青春最后强棒，觅得虽非名门也算“公子”的殷实“第三志愿”。光阴荏苒，“公子”升任“老爷”，娘子也做了“夫人”。结果老爷寻花问柳，夫人独守空闺，大美人的人生高潮至此也只剩捧场百货公司周年庆。有打抱不平的问老爷为何冷落夫人，老爷嘻嘻一笑回答：不嫁给我她也当不成夫人。再说我对她很好，刚买了个名牌包给她，她高兴得什么似的。哼哼，如果我当年是骑摩托车的，她也不会跟我是不是？她的人生很满足了，要的都有了，要你们瞎操心！

有趣的是谈过恋爱却没结果的昔日小情侣，倒都互相放在心上。一位男性友人素来相信荷尔蒙，不相信形而上，一生花了很多时间在花花草草上。年届六旬却对无缘的纯情初恋自称“锥心刺骨”，连当年人家做的一道菜几十年后还能记得滋味津津乐道。有人找麻烦，问他：咦？阁下不是素来标榜“自然主义”，不相信爱情？他老兄说：“就因为没有结局才让人感觉有爱情。”意思是维系爱情的前提是不能结婚，结婚就是把爱情送进坟墓。

我的一个闺友当年和她“高中甜心”（High School Sweetheart）小男友分手的时候何等潇洒，并没像一般女生那样找人诉苦。朋友都不知道她伤心。没有想到她和我讲起当年分手的一幕，欧巴桑竟然泪盈于睫。我惊讶地说：“我们都不知道你这么难过。”她说：“他很残忍，说分就分，还说以后连朋友都不必做了。可是你们跟他也是朋友，我不想跟你们说，让你们去讨厌他。所以我就自己跟大家疏远。我后来这么努力拼事业，也是要争一口气给他看。我没上台大并不会比他台大的老婆差。”让女强人眼眶湿润的是快四十年前的纯纯的爱。

“我辈”年轻的时候不是以为自己“太上”就是“太下”，初老回头一望却都牵牵挂挂，让我少时写的“无情世代”遭受到挑战。其实爱情未必像这些“钟情之辈”心里憧憬的那样，永远是愉悦、温暖和美好的；没有结果的爱情常常只会让人心痛，这种无形的“心痛”听说可以痛到引发实体心脏病。哪怕结婚仪式等同爱情的告别式，那也是“将爱进行到底”，不让人生留下遗憾和悬念，所以芸芸众生也只能继续“明知山有虎，偏向虎山行”。

记得年轻的时候有人问写过几篇爱情小说的作者在下我，什么是“爱”？我无话可答，就乱引张爱玲写的短文，胡吹一下后门桃树下让人终生难忘的短暂缘分。等看过张爱玲五十岁以后写的《小团圆》，我觉得需要向当年的听众赔礼：其实我也不懂张爱玲那个“这是真的”写的是啥，她自己身体力行的是一辈子记恨负心汉，死也不再相见。当年写“爱”，大概就是因为含糊，因为一知半解，所以精彩。

多年前一位多情女友和男友分手后，在男的生日那天偷偷送去礼物包裹。我问:“他敢打开吗?他怎么知道你送的不是邮包炸弹呢?”小说作者最会的就是胡思乱想和煞风景,这个倒是从年轻到老几十年不变。

天人五衰

“天人五衰”说的是天界的人在寿命将尽时，会先现出衰败的五种迹象：衣服变脏，头上花谢，腋下流汗，身体发臭，坐立难安。这是“大五衰”。

我小时候不知在哪里第一次读到这个说法的时候，脑中想到的是头上长了花的外星人到地球上来水土不服，一个一个渐渐死掉的景象。并不能联想是佛家对天人衰亡的描绘。

反正无论仙凡，人类或天外来客，除了偶像剧主角病危的时候还戴假睫毛，任何生物衰老死亡，逐渐凋零的时候恐怕都景象凄凉不大美丽。

我少年时的一个朋友，长发披肩，美丽多情，完全是爱情小说中理想女主角的形象，偏偏初恋就爱上了一个在她父母眼中门不当户不对的痞子青年，在那个父母还很有权威的年代，他们的爱情真是注定了的悲剧。她的父母不准两个小情人见面。我这个“打酱油的”多次受托，到她家里去把她约出来，让她偷偷去和男友见面。我见证着他们的苦恋，心中充满同情，几次帮她欺瞒父母。我记得有一次她的父母大概有些起疑，我这闺友怎么一到就急着走人，就非留我在她家里多玩一会。她是恋爱起来心里只有一个他的那种女生，从来我们的话题也只有那个男生。她的父母就在旁边，难道我们要讨论时事？枯坐客厅相对两无言一会后，她就说弹琴给我听，然后自弹自唱了几首当时的流行曲。我只记得有首“我爱月亮”。俗毙了的歌跟她那种出尘的气质有点不着调，那突兀的一幕就很难忘怀。

第二年还是第三年，她跟男生说这段感情父母不祝福，爱得太苦，两个人凄然分手。她却在分手后不久因为医疗失误，二十五岁芳华正茂的时候忽然死去了。在服兵役的男友当时连知都不知道，事后去问芳魂埋骨之地，还被不改初衷的女方父母轰了出去。

失意的男友后来和另外一个女人结了婚。他自己不觉得，可是看见的人都认为他太太长得像他的初恋情人。我没看到本人，可是看见照片也吓了一跳，心想如果把他波折的爱情故事拍成电影，女主演可以一人分饰二角。

三十多年未见的老友，昔日五陵少年已是初老鳏夫。他说起中年时怎样陪伴癌末的太太走过最后岁月。他当时抛下事业和孩子，守在不肯让他须臾离开的病妻身边。妻子谁也不要，只要他看护，他却只能眼睁睁地看着心爱的伴侣受尽病痛折磨之苦，他除了对医护人员咆哮强求增加吗啡剂量，其他无计可施，她一声声的呻吟一次次刺痛他的心。

曾经年少轻狂的他，虽然后来事业成功，生活优裕，却看起来暮气沉沉。他说他已经决定此后就是一个人过。因为他觉得自己如果再结婚，而对方先他而去，他不敢再经历那种绝望的折磨。如果他要先走，他更不忍心把爱人置于他曾经待过的炼狱。

是怎样的别离苦会让人害怕得先放弃了相聚欢呢？

我一直想推翻自己写的不那么爱的爱情故事，可是当有机会面对一个真实生活中受尽爱情折磨的男人，我觉得还是编出来的大团圆更合乎我的脾胃。我决定把这份凄苦留给韩剧，继续相信我天道有还的合理人生。

仙凡都要面临衰亡那一日的来临。当我们头上的花冠逐渐萎谢，身体发出臭味，我不知道自己会希望独自面对，还是用眼睛锁住那不忍离去的爱人？

儿女情短

看到一则冷笑话，出处不详：

黑猩猩不小心踩到了长臂猿的大便，长臂猿温柔细心地帮黑猩猩擦洗干净后，它们相爱了。别人问起它们是怎么走到一起的？黑猩猩感慨地说：猿粪！都是猿粪啊！

活到老太太这个年纪，倒也见证了几对黑猩猩和长臂猿的交往。如果有缘相识，都是灵长类，倒不会因为谁的毛黑，或者谁的手长就缺乏吸引力交不成朋友。可是如果一公一母谈恋爱，物聚不类，却容易是吵来吵去的冤家。

如果谈朋友，男女来往的时候就老吵架，可是不知警惕，错把“猿粪”当“缘分”，或者某方（不幸通常是女方）以为对方是“可以教育好的子女”，相信感情足以克服所有的问题，非要排除万难结其连理枝，那么就等着做怨偶吧。

老太太做小姑娘的时代没有电子邮件和网络电话，小伙伴们谈恋爱的“工具”受限，只能穿堂走户在家长眼皮子底下活动，或者写些越描越糊涂的情书，难怪爱情成不成功很大成分靠“缘分”。我就知道几对以前情投意合的年轻爱侣未能走到头，到了视茫发苍再见，怨叹一生错过是因为缘分不够。老年版楼台会的结果当然不是殉情化蝶，流传千古，只是头昏眼花，血压一时升高。“考古”追究，当年分手原因不出“韩剧”范围，诸如：不得父母祝福、情敌造谣捣蛋、或者分隔两地败给距离。反正结局就是有情人未成眷属。如果拍成戏剧，最后一幕就是一老头，或一老太，郁然拄杖，千山独行，表示少年时的花前月下，空留回忆，老人内心惆怅，今生寂寞以终。

现在不同了，缘分随时可成有待清理的“猿粪”。电子时代的爱情悲剧不是误解，是太了解；不是没机会表明心迹，是说得太多留不下让人乐观期待的空间。文明社会里的现代父母早就撒手不敢干涉小孩的感情问题，所以父母阻挠的因素“奥”（Out）了；各种电子工具更让“此情朝朝暮暮”脱离精神层面,得到生活里的实践,所以距离隔阂的因素也“奥”了。谈摩登恋爱的两个人随时可以拿出视讯电话说清楚，讲明白。真正面对面，除了爱的时候立马亲得着，气的时候即刻拍得到，其他也没有更多的作用了。这样的电子时代还不能相守，依我说，那就不是“一对”(Couple)，关系更像误沾的猿粪，千万别赖没有缘分。

小犬大威哥的前女友“高妹”是秀外慧中的金发美女，连我这么挑剔的男方家长都不能不承认女方除了腿太长，确实是百里挑一的人才。可是她偏对虽然未必拈花惹草，却受女孩子欢迎的男友忒不放心，小两口老为了有其他女孩对大威哥示好吵嘴,两个人从大学好到研究所,却分分合合好几次。最近“高妹”春假从东部飞到男友上学的南加州相聚，顺便宣示主权。家长也都乐观其成。可是才几天工夫，春假一过，大威哥就写了电子邮件来报告，说他们这次虽然相处愉快，可也是最后一次在一起，双方同意玩完。他知道自己可能犯下终生大错，今后再也碰不到比“高妹”更好的女孩，可是在现阶段这是他唯一能做的决定。他们双方“理念不合”，今天未能达成共识的是研究所毕业前要见面几次，以后就要吵小孩的足球赛重要还是男主人的工作会议重要。他觉得没法再走下去，两人协议分手。此番覆水难收，他敬告父母别再劝和。

大威哥的爸爸笃信恋爱要趁早，认为只有两小无猜时期开始培养的感情没有杂质，有望白首偕老。他又很喜欢品学兼优，就读常春藤名校的高妹，看好她和大威哥共同的前途。这下亲见一对璧人为了莫须有的事情闹到分手，就对着老妻发感慨，几次叹息："以后有没有小孩都不知道，小孩的足球赛去不去有什么好吵的？为什么条件这么好的女孩子会对自己这样没信心！"顺便还送我一顶高帽子，"像你就这点好，从来不吃醋！"

老太太听到这种评论，只能翻白眼，连安慰老先生几句的兴趣都欠奉。真是，也不想想大威哥老妈是做什么的！当年一起出道写小说，甚至后进"文友"，现在都有戴着两扇假睫毛在家乡电视台充"两性专家"当爱情名嘴的，我可是口碑在友朋，专精感情疑难杂症，挂牌超过四十年的"蜜"医呀。

男女分手跟信心有什么关系？谁说女人的信心需要表现在"不妒"？我听到、看到不少中外男人动不动就批评女人："怎么这么没自信？"

真是会向自己脸上贴金！

女人对男人行为的约束无关乎对自己的信心，是“教育”问题，是“主权”问题。很多太太可以和先生一起坐在露天咖啡座对路上美女评头论足，对先生看到美女眼睛发亮，口水流到下巴之类的怂样也能等闲视之，就容貌论容貌是就事论事，未必吃飞醋；可是如果先生乘太太去化妆间，借机趋前搭讪要电话，让路人有变成红粉知己的可能，那就逾越警戒线，足以引爆家庭纠纷。女人依照自己对“路人→友人→情人”发展公式的敏感度来决定祭出“家法→摊牌→去留”。发作的时间点上或者有差异，可是如果在乎那个人，哪里会没反应呢？只是各人的底线不同，家教有严有宽罢了。

承平时代男女交往除非双方地位悬殊（比如：电子大亨 vs 舞蹈教练、塑化大王 vs 酒国名花），一般旗鼓相当的爱情游戏都是拉锯战，无论用的武器是“百炼钢”还是“绕指柔”，胜败乃是兵家常事。

我曾去过一位华裔女同事家，看见墙壁上一个洞表示好奇。同事说：那是高尔夫球杆打出来的。她跟丈夫吵架，丈夫一杆子挥过去，示警的意思大，当然没打到人，却在墙上留下个大洞。她的结论是:“江山是打出来的!”

有情人多数恩爱都来不及，真上演全武行“打江山”的可能不多,闹出死伤上社会版的更在少数,所以能成其为新闻。可是也有夫妻、情侣是一面“甜如蜜”，一面角力斗法。我就听过情长的甚至斗到至死方休。所以夫妻之间如果有情，却能做“君子之交”，并不比当如胶似漆的“小人”差，起码家这个避风港里永远风平浪静。

其实我何尝不遗憾青梅竹马的小情侣绝交?滔滔浊世又再到哪里去找一份少年时候纯净的感情?可是欢喜冤家不是只有欢喜，做冤家的那一半时候也伤心伤身。我儿一定是在某些行为上不符高妹对爱人的期望，女方画下道来，男的还蠢到表示“不自由,毋宁散”。这在年轻女孩的标准里等同说“我不爱你”。难怪人家心碎而去，连朋友也不要跟他做。不过两个小儿女未打未骂，算是文明分手，也值得嘉奖；只可惜一段缘分就此成了一坨“猿粪”。可笑的是摩登恋爱,儿女情短,空留两老相对唏嘘!

二〇一二年三月十二日

爱到老病休？

这两年在台美之间当候鸟，逐渐增加往返次数和逗留时间，让自己重新融入家乡风土人情。老华侨每次回故乡，虽然常常感慨景物全非，与少时朋友一见面，中间消逝的几十年就好像从来没发生。从机场接了我的高中死党笑话我一回到台湾就变成二十五岁，一切的记忆都追溯回到离开家乡的那天，把和台湾的断链接上。

自己没注意，经人提醒听了不免害怕成了老天真。果真如此，简直可以向心理医生报到备案了。离开台湾，从当回学生开始，毕业成家立业退休，花了三十多年才把人生舞台上的大戏演得告个段落，自觉归来应该笑傲江湖，百毒不侵。可一点不想光阴虚掷，徒长皱纹，不长教训，我宁可她们叫“老妖精”，也不愿意回到故乡就成当年傻妹。

可是显然无论如何卖老，心中藏着的那个“小”时时不请自来。重新把我接纳到生活圈里的家乡友人们从一开始讥笑我永远的“少女情怀”，到后来渐渐受到影响，碰在一处，“阿桑”们就回到青少年时代，大家齐齐脑筋退化，比赛说蠢话。

我抱怨台湾八月湿热让人不想出门，死党就说：那你做什么这个时候回来？

其实要不是老友忽然重病，我还真没打算这个时候送上门来回味宝岛台风的威力。可是巴巴地来了，探病的却见不着病人。说起来，这是个爱情故事。

鳏夫友人有位处了八年的固定女友，他一直照顾着她和她的孩子，可是虽赠金屋藏之，却没有同居，更没有办理结婚手续。据他说，他觉得自己都快六十了，双方各自有自己的小孩，他希望有个老伴，却“不想弄得太复杂”。这样的关系明显不符四十出头的女方的期望，她没有安全感，总怀疑他有其他心思，两个人就常为了莫须有的事情起争执闹分手。多情老男人念叨多次：“应该离不开的人是她吧。她怎么那么傻？我会担心她以后带着孩子的生活，她自己反而不担心，说教我就不要管她，看她活不活得下去！”

吵来吵去，三月时候友人在经济上做了一些安排，“放”了那位相伴多年的女友。

被“资遣”的女友怎么想的我不得而知。只看见老友这边很是落寞伤心。他不擅言辞，也没有透露心思，可是我猜想分手时他一定十分希望听到小女人说：我不要钱，我不走，不结婚没关系，我只要永远陪着你。

六月底传来消息，老友忽然昏迷不醒。数周后逐渐脱险，我也安排到了台湾探他。可是却不得其门而入。正是着急纳闷，终于联络上了他的女儿揭穿谜底。原来患难见真情，下堂女友回来照顾他了，可是订下一条规矩：凡是女性访客，一律谢绝。

我听了啼笑皆非。鳏夫朋友铁汉柔情，曾在发妻过世之前，抛下儿女和事业，在医院里当了半年陪房，受到身心双重折磨。他一生情路坎坷，却没有放弃追寻。他青年时候把自己母亲照顾行动不便父亲时不耐烦的神色看在眼里就不以为然，后来又亲身经历兄弟姐妹对失智老母的冷淡疏离，长年独力承担照顾病母的责任。他常感叹“久病无孝子”，觉得别人未必能像他这样有情有义，却也不愿强求。他自己是个为人两肋插刀的侠义个性，很喜欢照顾别人，却最怕要人照顾。每次说将来绝对不苟活，男子汉，大丈夫，如果哪天他要靠别人，看人家脸色活着，宁可自我了断。

他的女友一定也知道他的脾气，可是病后他插着鼻管，躺在床上，俯仰由人，终于轮到她来当家。在他的儿女前面把摒绝女客的规矩一立，她不但是他的女人，她还是他的主人了。

高中死党说：他都那样了，她还吃醋，是真的很爱了！

回到二十五岁脑子的老华侨顿觉世事难明。是吗？也许“真的很爱”吧，可是谁要人这样来爱呢？如果编成小说，我可能会写得像是逮到机会报仇一样呢。

死党发感慨，说她自己不想活太久，尤其活到要人长期看护也就开始试探亲人、爱人的爱和耐心，不是拖累所爱，就是发现原来所爱不爱，试探成功与否都悲哀。她们一致同意自己人生的下一个目标是“不麻烦子女”。

小孩，尤其在国外的孩子，不是父母想麻烦就麻烦得到的。虽然目前我同意，也了解，人老要自尊，可是我还得想想，要不要人家爱到老呢？当人失去了选择权的时候，当主导权易手了以后，别说决定爱情关系用什么方式来表现，躺在床上的一方，是连拒绝任何一种形式的爱的能力也没有了的吧？

不知生，焉知死？不知当下，焉知将来？我想到十七八岁时，也是这几个人，狂言不想活过三十岁。当年的小同伴，现在快两个三十了，都早忘了希望自己早夭的傻话。除了刚才恢复意识，在病床上还待学会吞咽，期待能用嘴喝口水的老友喜忧难测，其他人都有滋有味地过着小日子。我不禁要想，如果注定命长，非活到要人照顾的那一天，而又还有人因为爱，不嫌老丑衰病愿意亲近，也许终将“色难”，可是人到了那个时候，自尊和爱的标准应该也有所不同了。

二〇一二年八月十九日

身在情长在？

美国情报头子闹绯闻辞职下台，小老百姓看热闹之余各有应景活动，女友被勾起看〇〇七电影的兴致，人挤人赶看首映，台湾政论节目拿来当要闻题目分析，大学教授煞有介事点评，说是美国社会相对台湾性开放，百姓谁睬高官的男女之事，想当然尔是 CIA 和 FBI 两大情报单位内斗。大众传媒"狐狸台"和主流不再泾渭分明，观众也乐得不再假正经，广告客户"谢谢收看"，宾主满意，皆大欢喜。

"阴阳生太极，太极生两仪，两仪生四象，四象生八卦。"小报捕风捉影，既涉"阴阳"必报"八卦"，向来娱乐性颇高，只是从前"偷窥"躲在门后，"八卦"限于茶楼，难登大雅之堂。几十年前我刚到美国的时候也喜欢看《太阳报》，有时去菜场买菜的时候捎上一份，放在厕所里；当时最“应”（In）的题材是采访被外星人俘虏过的地球人。美国近年经济下滑，被酸是世界上最穷强国，恶名昭彰的CIA老板出包，全球扒粪，媒体不分人狐，以看好戏的心情报导，随便翻翻就看到中外几家媒体都讥讽美国间谍天字第一号〇〇一，猎艳本领不及好莱坞出品的英国〇〇七十分之一。

作家（坐家）看着网上和电视上的那份热闹，感觉有趣的却是近年社会绯闻男女主角的年龄节节高升，此次桃色纠纷里的仁兄固然是“六旬老翁”，仁姐也是“不惑徐娘”，可是感情炙热不输小年轻。我这两年创作的人物都比自己的年纪还大，很多遭逢战乱，生活上流离飘零，爱情却多彩多姿。今人之“老而不休”，大大拓展了写小说时“选角”的各种可能性，让编得快要心虚的作者受到鼓舞。

一位正在闹感情纠纷的单身朋友也感叹自己耳顺将至，爱情这一门却仍有功课要交。写小说的忙道万幸，如果人人参破情关，作者岂不玩完？从前的爱情故事主人翁只能是花样年华，不比现在的婴儿潮世代集体发“少年狂”，罗密欧和朱丽叶都活成了大叔和大娘，媒人网还特辟银发专区，提供婚姻和缘分重新组合的网络平台。

当然现代也有平淡的男女关系。我在职场里遇见过不少印度同事，男光棍都在工作一两年后放长假返乡。再回来上班的时候就发喜糖，不久新婚妻子就来依亲。女同事则个个都是“过埠新娘”出身。三十年间我看见过的没有一个例外，在我的样本池里这种婚姻模式的复制率高达百分百。我好奇地问过，隔着千山万水，这门亲事究竟如何相来？

“背景调查最重要。”和我关系不错的同事严肃解释此事非同小可，“男女双方见面之前，两方家庭都会做详细调查，谈妥条件，然后我们交换照片、通信、通电话，虽然最后才见面，却绝不是你说的‘盲婚’。”

啥？没见过就论婚嫁还不算“盲”？那老大姐敢问印度式联姻都调查些什么呢？

皮肤黝黑的年轻同事开明地说：“我跟别人不同，嫁妆那些对我都不重要。有些人特别看重肤色，白要白到啥程度（Which Degree）都有要求，可是那个对我也不重要。我看重的是文凭和专业，不然来了还要供她念书什么的很浪费时间。”后来他把下飞机不久的太太介绍进了本公司，小两口如胶似漆，同进同出，天天开一辆车上下班。我和新婚夫妇一起吃过饭，他拦下老婆伸出的五爪金龙，递给她一只叉子，耐心地教她使用。转眼十几年，先同居再结婚的美国同事都离了两次了，婚前没有见过面的印度小夫妻养儿育女，眼看可以天长地久，果然没有浪费时间。

一位大小也算企业主的朋友曾经归纳婚姻心得，他说男女结婚等于找 Partner 合开一间公司，有的顺利发展，有的不善经营，可是无论如何，既然开张就要避免倒闭，免得两造蒙受损失。寻找合伙人至关重要，可是哪怕找错了伙伴，不想认赔杀出，弄得血本无归，就要想方设法维持下去。如果此言不差，无怪印度裔在硅谷开公司成功的不少，想是择偶时候有过练习；无关爱情，就是一本算盘珠子打得叮当响的生意经。

据说婚姻制度是人类平均寿命三十岁时候的产物，现在的人长寿，连带婚姻制度也跟着熬过漫长岁月饱受考验。少年夫妻，能够一起牵手到老的未必是结婚请帖上答应观众会“执子之手，与子偕老”的那两个。名利场中，费洛蒙应该降低的六十岁大叔居然不惜丢掉乌纱帽也要追求婚外激情。爱情的公式已经产生变化，梁祝、罗朱的悲剧到了今天，恐怕难被传颂还要被社会责备：“傻孩子！”

我想起一句少年时候深入人心的保险公司储蓄险广告：“活得越久，领得越多。”摩登情场“身在情长在”，恋爱谈不完，看来爱情故事也可以一直写下去。

二〇一二年十一月十四日

怅望江头江水声

一位亲友团成员批评作者故弄玄虚，杂文题目借了李商隐名句“深知身在情长在”，不但扭曲原意，内容还插科打诨为“老不休”谈恋爱敲边鼓。我写小品文章纯粹自娱，明明皇帝都不急，偏偏有人爱操心。

她更加在意的还有“收视率”，笑骂作者老用“古人云”充题目，跟读者玩脑筋急转弯，她要不是我朋友，看到题目就懒得卒读。她举出我的杂文题目最成功例子是“阿扁的阿姑”，大白话清清楚楚，又有趣又沾光，无怪冷门部落格得到高点击率。

不能掠人之美，“阿扁的阿姑”也是“老人言”，我偶像潘妈妈说的。（她老人家还喜欢加上一句：“不是吗？”）

“身在情长在”寓意“活得越久，爱得越多”不够好，难不成要拟个类似“〇〇七艳史打败〇〇一”才够耸动？实在没有主意，我虚心请求赐题。

朋友娇嗔自己就这么一说，她又不是“作家”，哪里拟得出什么题目！不过她做老板的人最会布置任务，立刻转移话题，说与其胡扯绯闻丢官的外国老头，不如把我对女友们阐述过的“训练老狗”理论写出来，也算对还在情海浮沉的“老姐妹”读者们耐心看完长篇大论的回报。

嗟！闺友之间的笑谈怎么可以随便公之于世？很多“私语”，同仁之间讲讲有趣，却上不得台盘，勉强写引不起看官的共鸣事小，误导“群众”事大。尤其作者往往是思想上的巨人，行动上的侏儒，笔下哪怕荒诞不经，认识的人看了一笑置之，晓得又在幻想。陌生人怎么想，作者管不到原本不在乎，就怕哪天狭路相逢，陌生人来交朋友，那真能“喝老子一挑”（吓老子一跳）。

我和几个死党都相交超过四十年，有时候听我讲点什么事还能觉得新鲜，也不过就是写小说的喜欢把事情从不同的角度来解读。儿子大威哥以前和女友闹矛盾，还在念大学的两个小情人憧憬共同未来，爱动物的女友高妹说将来要在家里养匹马，大威哥认为马这种高贵动物太难伺候，不如养只长得像马的大狗，高妹感觉男友未爱其所爱是诚意不足，起了争执。儿子向我请教相处之道，我据实以告：“你妈我不算成功，这种架我不会吵。思想无罪，我会等那匹马出现在我家后院了才反对，可是等马都到家门口了，我通常也就输了，不足为法。”儿子却认为言之有理，没有共识，不妨搁置争议，反正这架吵下去没意思。结果那匹闯祸的马果真没有出现在他家后院，根本两人早在有共同的后院之前就散会了。

岂止男女之情，人活一世处处可能留遗憾。重要的是翻不翻得过去那一页。命再好，想一想平生伤心事也哭得出来。可是挫折和失意都会在人生的长河里化作逝水，荣辱成败逐波而去，连浪花也不会留下。绯闻案现在沸沸扬扬，当事人可能失望、难堪、屈辱，围观的可能兴奋、讶异、讪笑，种种高低起伏都是一时，借用“身在情长在？”为题自然要加问号，只有下一句“怅望江头江水声”才是激情退去，繁华落尽，春秋恨皆消，寂寥终将至的警句。

后记：游戏文章不可认真，“哑谜道场”不该破题，可是既闻异议，作者不敢专断。李商隐《暮秋独游曲江》原诗抄录如下，让读者公评今人能不能别出心裁，自做解人。

荷叶生时春恨生，荷叶枯时秋恨成；
深知身在情长在，怅望江头江水声。

二〇一二年十一月十五日

关关雎鸠

枯坐客厅把玩电视遥控器，随机看了一会台湾综艺谈话节目，只见六个大龄未婚的二三线演员排排坐，自陈感情历经沧桑后的择偶条件。其中三位男演员不约而同地列出结婚对象要“乖巧听话”，三位女演员开出的条件也一律是“让我宠我”。

节目只看了一小段，意见有断章取义之嫌，样本池也太小，基本毫无可信度。可是节目毕竟是最近录制的，虽然偏颇的抽样导出偏颇的解析，不过作者写的是抒感杂文，不是学术论文，有趣比有道理重要。以致明知不靠谱，还是推出结论：台湾现代男女的择偶条件跟印象中老太太我小姑娘时期的“古代”雷同。

个人非常幸运，在家做女儿的时候，最小偏怜，父母宝爱、兄长呵护，始终昧于台湾社会男女尊卑有别的真相。不但小时听老哥向父母抱怨家里女孩太矜贵，哥哥让妹妹也就罢了，竟说儿子粗勇当服杂役：“别人家派小学生出去打酱油，我们家让大学生跑腿！”

长大后闺友偶失小信其实情非得已，却遭我责难，怒极回嘴也说过：“不要以为台湾女生都像你在你家里那样说话算话！”

经过很长时间的沉淀，初老回想才恍然觉悟我成长的“古代”，台湾社会男女地位极不平等，歧视严重到影响女性就学、就业通路，不但雇主招工公然同工不同酬，大众舆论也都毫不掩饰地重男轻女。当年女同学哪怕三甲之中，也有人回家后须把课业和娱乐活动放在一边，家务优先，甚至习于为家中男性成员服劳务，毫不以为意。在那样的氛围下，女生自信心不足，认为好姻缘靠男人“让”和“宠”，可以理解。可是到了“现代”，电视上从事演艺工作的几位老姑娘却开出她们妈妈时代的择偶条件，真让人摇头叹息，不知今夕何夕。

老姑娘天真，老光杆也不遑多让。大龄男演员被主持人形容成情场经验丰富的浪子，奔四十的人了，本业的影视代表作品欠奉，基本以在台北夜店“把妹”（从前叫泡妞）打响名号。说起来是脂粉丛中打惯滚的老手，难道不知道女人对环境的适应能力比男人强？此一科普统计结果的贬义词是“女人善变”。客观上的时空改变，主观上的视野开展，都能创造新环境，改变“乖乖”。就算幸运王老五找到梦寐以求的乖巧听话女性为偶，今后是否就能“过上幸福快乐的日子”，还要看自己的道行能让人家“乖”多久。须知麻雀飞上枝头变凤凰是不可逆转的变化，凤凰既出，麻雀不复存焉。现实中的例子是即使有财有势如国际传媒大亨，少妻的温柔保证期也低于十四年。想是既成凤凰高飞九天，对地上爬的当然一概采取俯视之姿，哪怕是只金龟也一视同仁。

八十年代香港翻唱过一首英文歌《Strut》，粤语歌名改叫《坏女孩》;副歌几句利用粤语“坏”和英语“Why”的谐音而作：“Why?Why?Tell me why? 点解 (为啥) 不做乖乖？”歌是上世纪的老歌，可是从电视谈话节目的小小样本池看来，台湾男人到了本世纪还在问 Why。

二〇一三年十一月一日

狮兔同笼

有读者留言请作者为文谈谈“美国民主制度下的夫妻相处之道”，他说就像台湾第一家庭，自己“也是狮子老板跟兔子伙计的关系，想知道一下咩”。

一般认知中咩咩叫的是羊。不过兔子和狮子进了一个笼子还能发出声来已属不易，情急之下做羊叫岂忍苛责？

无论哪国、什么制度，夫妻相遇都是缘分，相处都是学问。我素来相信活到老、学到老，人生充满变数，盖棺也难定论。现代人长寿，我这才初老，如果双双身体健康，夫妻相处之道还很长远，幸福的钻石婚夫妻世上多有，报上才刚报导过美国有结缡六十五年，同年同月生老夫妇手牵手同日归西。人间多少恩爱一生、白首偕老的模范夫妻，又有多少著作等身的“两性问题专家”，哪儿轮得到作者这种腹笥有限、学徒级别的说三道四？

人生好赖只能活自己一份。生活岁月静好，我的心里却不安分，常常幻想别人那份日子的过法，也因此发展出写小说的嗜好。对不明就里、此生无缘经验的人、事、物好奇，就算没有读者垂询，也早对“母狮公兔”一类的夫妻关系加以关注和感到纳闷。

试想论膂力，很少女人打得过男人，“打老婆”是某些地方的“风俗”，“打老公”是笑林广记的选材。现代家暴法虽然男女公民适用，立法精神始于保护受虐妇孺，为何古今中外总不乏男性自认跟妻子在一起是公兔伴母狮？

友人曾笑论一老友对妻之敬意闻声如谒，人前人后表现一致，绝不因没照面打折。话说多年前某日三位男士在这位仁兄家中后花园里喝咖啡聊天，四周绿树香花、风吹草动，未见河东狮踪，忽闻屋内连名带姓一声喊，被唱名的男主人立马站起来大声对空答数：“有！”两个客人受惊之余，面面相觑，相互疑道：“今么啥情形？阮咁爱架企立？（现在什么情况？我们要不要起立？）”

还有位熟人一日找了住附近的老友到家里玩牌，其中一咖(脚)的太太坚决反对狐朋狗友聚赌为戏，此公找了借口溜出家门参加。雀战方酣，忽然闻报那位太太正向熟人家方向施施而来，事主惊慌非常，众人感同身受，赶紧七手八脚把牌桌撤了，慌慌张张跟着老婆来抓赌的牌友躲上阳台。主人事后大笑自嘲："又不是我们的老婆，跟着躲什么躲！我那个阳台大概二十年没人扫过了。脏得来！"

时光流逝，人生肥皂剧转眼来到下半场。对老婆大人"尊重"得成为无良友朋茶余饭后谈资的男士，一个破财分家赎回自由，走人后已经找到第二春；一个跑不掉躲得起，虽然夫妻还坐一张桌上吃晚饭，夜里各睡各房，婚姻名存实亡。

古诗有云："结发为夫妻，恩爱两不疑。"无论势怕、理怕、情怕，在应该因爱而生的家庭里谁怕谁，怕都难以为继。其实世上物以类聚，能在一个笼子里待下去的不是两只狮子就是两只兔子。可是如果其中一只产生幻觉，非认为是狮兔同笼，学羊叫可解决不了问题。感到怕的迟早要跑；跑不掉也心向笼外。所谓魔由心生，根治之道还在消除幻象，至少拎拎清楚跟自己在一起的到底是狮还是兔。

二〇一三年十二月十三日

宫本决战佐佐木

作者不揣浅陋，妄臆夫妻关系若如“狮兔同笼”，弱势一方不逃即死，公兔何能长伴母狮。“一床被不盖两样人”，应是自认公兔的鬼遮眼，携手入笼就是同类：要不是雄狮认知错乱瞎装公兔，就是雌兔认知错乱自诩母狮。

结果不但亲友有异议，读者也赐予反响，撂了句日语对照中译：“不作死就不会死，为什么不明白？”

明白明白，哪会不明白？作者混博士班的时候修过三学期日文，以前还编儿童杂志，到现在都不大好意思招认的幼稚兴趣是看东洋漫画和卡通影片。有次乘飞机放弃机上提供的娱乐节目，点出 **iPad** 上儿子送的圣诞礼物《降世神通》卡通影集看得聚精会神。忽然一只耳机被人轻轻抽起：“咳，难怪叫也听不见！”头上声音随之惊呼：“啊！还以为女作家多有深度，居然看这个！”原来遇上了死党的空服员表妹。

“不作死就不会死，为什么不明白？”出自多年前的日本卡通片对白，后来成了网络名言。“作死”是俚语，意为“自寻死路”。公兔在母狮的眼皮子底下生活，时时察言观色，做小伏低，避免触犯天条，算是求生有道。我回想平生见过的几位惧内大丈夫言行，感觉这话不无道理。

不过我还是觉得狮笼里住的就是两只狮子，只是其中一只老装兔子，时间长了，哄得另一只以为自己是笼里唯一的大王。又或者装腔作势的那只弄假成真，心理产生变化，明明外形还是只狮子，却连吼一声也听着像个“咩”了。

其实夫妻有缘该恩爱，男女相知应相惜，何必要分高下主从？为了在笼子里当家做主，争一辈子也未必分得出输赢；更何况，笑到最后的不一定就是赢家。

老哥是日本武士片影迷，我小学的时候就跟着他看过全套《宫本武藏》。记得完结篇里宫本武藏和佐佐木小次郎在海边决斗，功力难分高下的两人缠斗了一整天，最后宫本武藏利用太阳反射在武士刀上的强光照花了敌人的眼睛，抓住机会，集中全力，跃起劈下关键的一刀。

导演故弄玄虚，刀光过后镜头久久停在佐佐木小次郎面带微笑的脸部特写……

老友没有会带小学生妹妹去看日本武士片的大学生哥哥，来到青春期时台湾又禁映日片多年，成了留学生才在美国校园里的经典外国语影片展里看到早“剧透”得毫无悬念的《宫本武藏》。据说周围同胞观众的反应可比老片子精彩得多。

只听得前排忽有一活宝观众惊呼：“咦？到底是宫本武藏赢了，还是佐佐木小次郎赢了？”

邻座同伴说：“当然是宫本武藏赢了！”

“佐佐木小次郎输了？那他为什么要笑呢？”活宝观众问。

邻座严肃地加以分析：“因为他以为他赢了！”

后面的博士生忍不住了，站起来开骂：“妈的，肚子上一个洞他以为他赢了？拜托有点常识好吗？肚子劈开了会痛的知不知道！”

……镜头拉开，佐佐木倒卧沙滩上，周遭潮来潮去，浪花轻柔，一派宁静安详；宫本站立浅水中，夕阳拉长孤影，如丧考妣，落魄更胜输家。

哥俩决战多少年(集)，等到一方倒下，故事这算讲完了；片子再没续集可拍，演员都要回家吃老米饭了。

二〇一三年十二月二十日

鸡兔同笼

老威哥对老妻杂文有异议:“什么‘能在一个笼子里待下去的不是两只狮子就是两只兔子’,难道没听说过有披着羊皮的狼吗?狼能混入羊群,狮子为什么不能乔装改扮,骗只傻兔回家?”

再傻也不至于连狮子的体型都看不出吧?不过还真无法抵赖世上就没有上当的兔子。可是就算进笼之前不察,日后发觉所伴是头猛兽,不赶紧逃命,下场就是成为盘中餐,狮兔同笼何得长久?“寓言”讲究的是隐喻和启发,不强调辩证和逻辑,作者一时不察,差点上当,跟人扯这没用的!重点在“一个笼子里待下去”好不好?

夫妻同床异梦不是新鲜事。且不谈“爱不爱”的高调,多少人为了维持家庭,在婚姻里忍辱负重?我就听说过有人被配偶当练拳沙包打了几十年，亲友死活劝不离的。写杂文信笔胡诌，一篙子打翻一条船，主张“不是一家人，不进一家门”确属偏见，作者需要检讨。

狮兔同笼还能长久，可上“动物奇观”栏目，绝非常态。一般情况下，夫妻相处哪怕不达鹣鲽情深，你侬我侬的神仙境界，也不过鸡兔同笼，各说各话的凡人家常。月老拴错红线，不一路的两个人偏住一个屋里，聊也没得聊，逃也不必逃，不在一条食物链上，却谁也不用怕谁。

现在的小学生不知道还学不学“鸡兔同笼”？我上小学那阵好像有半个学期的数学课都在和鸡脚兔腿纠缠。这玩意儿据说是“国粹”，源起一千多年前的《孙子算经》：“今有雉兔同笼，上有三十五头，下有九十四足，问雉兔各几何？”

人皆云美国学生数学程度低，小儿大威哥在美读五年级时，倒花了很多时间练习啰里吧嗦的“文字题”，虽然没把鸡和兔子关在一个笼子里去数头和脚，复杂程度不遑多让。大威哥当年一看到落落长的文字叙述之后就被故事给绕进去了，算不出答案要的那几个数字，差点在小学里就把数学科给当了。最近母子聊天还提到这段往事，只不过又一次证明，人的记忆保存是选择的结果。

妈妈只记得慈母课子的光辉形象：办公室忙一天回家后，挽起衣袖先不开伙，拿出数学补充教材，跟儿子“磨”三题再张罗晚饭。一学期后，原来进度落后的学生在学区数学测试中最难的应用题部分“横扫千军”（老师原语是“Beat out the entire school district”），达到保送数学资优班的程度。小朋友多年表现一般，从未显示有数学天分；老师好不为难，乃要求重考：要确定学生程度赶得上才愿在资优班推荐表上签名。

青年律师回想当年犹自忿忿：“根本就是对我有成见，怀疑我作弊！”他只记得老师对成绩不好的学生不公平，更怨母亲软弱：“我简直不能相信你会同意她让我再考一次！你维护了你小孩的权益吗？”

妈说：“真金不怕火炼嘛！”儿子说：“哈？”

鸡兔同笼，代有传承。两足的和四足的难免争来吵去，好处是笼内无狮，最坏不过谁也不懂谁；相处自由自在，此中有信有爱。

二〇一四年二月七日

第三辑　坐家随笔

虫洞

一位伯母过世了，朋友花了很多时间收拾母亲的遗物。感慨即使我们都只初老，也该趁着有时间，把自己的东西，尤其中文的文件类，都收一收，免得以后让大字不识几个的ABC下一代为难。我听了觉得有理，就也回家来整理一番。不过我一向爱丢东西，这类身外物不多。连自己发表过的旧稿也不保存。我是父母亲的老来子，年轻的时候对人生就有无常之感，如果一同出游的男生感觉没有共同未来的可能性，就连合影也不必了。可是和别人爱照相一样，我爱写东写西，也算是留下一个人生的“虫洞”(Wormhole)。

老友整理旧文件，说是看到我十几岁时写的小品文，叫什么“我的小楼”，真是吓出我一身冷汗。倒不是怕那个时候文笔幼稚或思想不够深刻，而是感觉如果看到那样的东西像走进时光隧道与年轻时的自己相遇，那就不知掩脸而愧，不敢照面的会是当年感觉宇宙踩在脚底下的昔日之我，还是繁华落尽愧对师友的今日之我。

在先父留下的故纸堆里找到我在一九七九年十一月十二日发表于“联副”的《联合报》中篇小说比赛第一奖的得奖感言剪报。三十多年后的现在读来，仿佛看见还是小儿女的自己住在有父有母的家里，衣食无忧却为了前途的种种可能呢呢喃喃。回首来时路，已如云烟而过，未来除了“养生”成不成功，没有什么是猜不到的了。难免生出几分感慨，却也感觉有趣。值得留下记录与君共哂之。

“姻缘路”的喜悦

在家中我极少机会下厨，偶尔假日里技痒，主动要求掌勺，总是换来一片嘘声；先是侄女儿们争相走告：“姑姑要做菜，姑姑又要做菜！”继而必是吾兄率女儿奔逃；

“晓云要做菜，我们快点回家！”他老兄家在邻巷，例假日常来报到。

他们这一番做作真是教我面上无光，就偏不放行。正在厨房操作，却听见老兄院中大声课女给我听：“我们不要不给姑姑面子，等下再分批溜出去吃面，反正今天一点半以前不会有饭吃。”

厨艺乏人捧场，我也并不气馁，兴致来了，不管有没有人要吃，我一样可以忙得十分兴头；有时这“调和鼎鼐”的乐趣，倒也不一定须有识者。

初写小说，最大的收获也是在这自得之乐。还记得四年前，《掉伞天》获“联副”第一届小说奖后不久，和好友瑞琦同逛书展，瑞琦捧来一本杂志，刊有专文大力挞伐《掉伞天》的获奖，说是要寄语调查局诸公，调查该次小说比赛之不公，并应将三万元奖金追回云云。这番话因为太好笑，竟致难忘，我当时却生出一更滑稽的感想说给瑞琦听：“你看这些人多么寒酸，三万块钱还要寄语调查局追回。将来我一定不靠写文章，做生意的人有气魄得多。”

书念了许久，终于毕了业，工作调来换去，每次开始都以为是终身职，却又都教自己失了望。今年六月，我又离开了航空公司，打算定下心“坐”家写稿，然而情绪却甚为低落，因为似乎是离行商做贾的志愿既远，又很怀疑自己有社会适应不良的倾向。于是就在这个夏天，我一面写《姻缘路》小说，一面自我再教育。总还是有点慧根吧，一两月间，我又发展了一套新的人生哲学出来帮自己行世。

这套哲学此处自然不便细表——不过做个生意人是不想了。凡是思想，不但各人有各人的见地，就是自己的，随年岁增长，也会改变。我一直佩服别人能“吾道一以贯之”，主要是自己办不到；就像有人终生只爱看一本《飘》，我也服气，我是今天新有发现便立时要赖昨天的账。

这样的一个人，对自己的小说当然不该发言，就算说了，恐怕随时也要后悔的吧。然而即使是这样嘴紧，这样谨慎，我也必须承认：《姻缘路》得首奖虽是始料未及，竟有高明为识者，却真正教我欣喜万分感动莫名！

原载一九七九年十一月十二日“联副”

上文留给我的个人历史疑团是：年轻的我到底当时有了什么领悟呢？

一路走来，我的人生哲学除了得过且过，好像也没有其他什么说得出名堂的“行世”法则吧？难道三十年前的我比现在更有“慧根”？昔日留下的哑谜已经随着马齿徒增的年纪而衰退，真相永无大白之日。虽然明知会惭愧心虚，有时候也不是不想穿过“虫洞”去找那个说自己情绪低落了一夏，却显然还未知天高地厚的小青年作家聊聊人生。

聯合報

得獎者的話

中華民國六十八年十一月二日

聯合報第四屆小說獎

中篇小說第一獎：蔣曉雲

「姻緣路」的喜悅

蔣曉雲

蔣曉雲小姐：民國四十三年生，湖南省岳陽人，師大教育系畢業，出版有短篇小說集「隨緣」。

在家中我極少機會下廚，偶爾假日裏技癢，自動要求掌杓，總是換來一片噓聲：先是姪女兒們爭相走告：「姑姑要做菜，姑姑又要做菜！」繼而必是家兄率妻女奔逃：「曉雲要做菜，我們還是快點回家！」——他老兄家在鄰巷，倒假日常來報到。

他們這一番做作眞是教我面上無光，就偏不放行。正在廚房操作，卻聽見老兄院中大聲教姪女給我聽：「我們不要不給姑姑面子，等下再分批出去吃麵，反正今天一點半以前不會有飯吃。」

廚藝乏人捧場，我也並不氣餒，興致來了，不管有沒有人要吃，我一樣可以忙得十分興頭；有時這「調和鼎鼐」的樂趣，倒也不一定須有識者。

初寫小說，最大的收穫也是在這自得之樂。還記得四年前，「掉傘天」獲聯副第一屆小說獎後不久，和好友瑪琦閒逛書展，瑪琦捧來一本雜誌，刊有專文大力撻伐「掉傘天」的獲獎，說是要寄給調查局諸公，調查該次小說比賽之不公，並痛斥三萬元獎金流向云云。這番話因爲太好笑，害我難忘，我當時卻生出一更滑稽的感想說給瑪琦聽：「妳看這些人多麼寒酸，三萬塊錢還要寄給調查局過問，將來我一定不靠寫文章，做生意的人有氣魄得多。」

書念了許久，終於大學畢了業，工作調來換去，每次開始都以爲是終身職，卻又都教自己失了望。今年六月，我又離開了一個航空公司，打算定下心「坐」家寫稿，然而情緒卻甚爲低落，因爲似乎是離行商做買的志願愈遠，又很懷疑自己有社會適應不良的傾向。於是就在這個夏天，我一面寫「姻緣路」這個小說，一面自我再教育，總還是有點慧根吧，一兩月間，我又發展了一套新的人生哲學出來幫自己行世。

這套哲學此處自然不便細表——不過做個生意人是不想了——因爲凡是思想，不但各人有各人的見地，就是自己的，隨年齡增長，也會改變。我一直佩服別人能「吾道一以貫之」，主要是自己辦不到；又有人終生只愛看一本「飄」，我也服氣。我是今天新有發現便立時要賴昨天的賬。

這樣的一個人，對自己的小說當然不敢發言。就算說了，恐怕隨時也要推翻的吧。然而即便是這樣瑣碎，這樣謹慎，我也必須承認：「姻緣路」得首獎雖是始料未及，竟有高明爲識者，卻眞正教我欣喜萬分感動莫名！

《联合报》剪报

未妨惆怅是轻狂

上次来台湾的时候，送了两本自己的书:《桃花井》和《掉伞天》，给几十年不见的老朋友。少年相识，人家以前也知道我写小说，得过奖，可是没往心里去，大概报上随便看看，见面了调侃两句，这件事就过去了；在重逢之前，我应该一直是那个替他做掩护，代约家里不准来往女友出来的朋友。初老重拾中断的友谊，他说自己把“朋友的书”郑重带上旅途“拜读”。

“我在温哥华，刚看你的书，有问题想问你。”接到这样的电话让作者“喝了一挑”（吓了一跳）。哈喇几句，扯东拉西，立刻跑题，想问的没问就赶紧道再会，不让中华电信继续收漫游费了。

过年时期同在台湾，相互电话拜完年，朋友重提三个月前的旧话，想问的竟然是三十多年前旧作《惊喜》中一个女大学生角色的心态：“为什么外表纯洁的女孩子，会轻易地跟个男的出去就发生关系，搞到以为自己怀孕？你写的时候觉得她究竟是什么心理？”

也不晓得朋友是不是从三十多年前故事书里的公案联想到自己读大学儿女的爱情教育？我这不是“两性专家”的小说作者只能老实回答，当年写这个故事的时候自己也才二十出头，什么都不懂；就听过一个男生说起和初相识的女生亲热，两个小鬼以为爱抚就会怀孕，其实虚惊一场的“笑话”（那时候讲故事给我们听的男生说的可是自己的“悲剧”），就编了个故事骗稿费。

“应该是好奇，年轻人对这种事都好奇。”老友拜年拜到讨论文学，我不能不拿出一点作家的高度来替读者释疑，可是自己都觉得说法“很弱”，底气不足。

放下电话，我细追忆，隐约记得构思和下笔时，确实受到同时辈文友大胆笔锋的刺激，自己又有点想批判台湾当时性教育的意思，立意颇高。只是小说一登出来，我就被家里大人骂了个臭头，还给我起了几个笔名暗示以后写这种东西要隐姓埋名，不要随便让人知道这是自家女儿。过阵子父母还苦口婆心地分别给我讲了几个“健康写实”的小说题材；记得我老爸给我讲了《幼吾幼》的原型，我老妈给我讲了《春山记》的原型。不过他们对我赋予人物的背景和改编的结果并不十分满意，最终放弃了对我的文学指导和教育。

作为故事的原创人，我想《惊喜》中这两个虚构的书中主人翁，如果确有其人，到了今天，也是奔六十的人了，他们又会怎么回头去看当年的轻狂？男的那个，风流自赏，如果经济条件不错，大概就是我在上海或台北看见的那些一妻二妾三女友的“成功男士”；这个人恐怕不会主动去提起青涩时期做的蠢事，当年的“悲剧”如果碰到知情人也就真的成了聊天时的“笑话”。女的那个大学生后来呢？如果家庭幸福，可能都忘了那个吃过她豆腐的男人和这件衰事；如果家庭不睦或失婚，也许想起这个男生，觉得当年也不无可能嫁给他，就会有些“直道相思了无益”，李商隐“无题”一类的惆怅；不管怎样，她的家常日子还是好好地过着吧。

可是这样没有回答我老友读者的大哉问。

多年前我在迈阿密电视频道上看过的一个有关当地贫民窟女孩代代相传做单亲妈妈的纪录片。片中即将四代同堂的祖母四十五岁许，妈妈三十岁许，怀抱女婴的小妈妈十五岁许；她们都领政府的救济金过日子，前途茫茫。记者问小妈妈：你的祖母和母亲都这样，你为什么要步她们的后尘？

小妈妈说：我爱他，我什么都没有，我只能把自己给他。生孩子是我愿意的，这就是我的爱情。

也许，我当年编的故事里那两个糊里糊涂就上床的小鬼之间也有爱情？只是故事里除了怀孕是假警报，年轻的爱情也是假警报，经不起考验？

做父母的总是为子女操心，像老友就连看小说都想着要取经。可是作者也只是个人生的学员，不敢偷来天火，光喜欢出些哑谜，让读者根据自己的所思所得去解。小说作者可以告诉你创作的人物从哪里来，到哪里去，可是读者看的时候却可以知道他们怎么想，又为什么会有这样的人生故事——读者万岁！

附注：本文中提到的三个故事（《惊喜》、《幼吾幼》、《春山记》）都收在二〇一五年四月出版的《掉伞天》一书中。

仁与不仁

先掉一段书袋；不喜欢文言文可以略过，不会影响阅读全文：

> 孟子曰：规矩，方圆之至也；圣人，人伦之至也。欲为君，尽君道；欲为臣，尽臣道。二者皆法尧舜而已矣。不以舜之所以事尧事君，不敬其君者也；不以尧之所以治国治民，贼其民者也。孔子曰："道二，仁与不仁而已矣。"

我的删节版领会就是——孟子说孔老夫子说的：世间的道理只有两个选项——仁或不仁。

和四十年前的老友相聚有叙不完的旧。和朋友聊起为什么一个班上几十个人，我这坐在最后一排的高个子却跟坐在第一排的瑞琦结为莫逆？这就谈起一段高中时的有趣往事。

那时还只交情一般的日后死党瑞琦是国文老师的“爱徒”，老师对我虽没像对她那么看重，可是我想自己还是在老师的欣赏学生名单之上。这位老师的先生那个时候在攻读中文博士，可能研究课题与孔孟之学有关。我们国文课又大概正好在上《论语》。素来敬业，当时又崇拜丈夫学问的国文老师就把她教的几个班组织起来，安排放学后在一个大型视听教室里让“师公”给我们课外加点，上上大学程度的《论语》课，主题是“仁”。

阶梯式的教室很大，放进去百来人刚好坐满。瑞琦平常是坐在最前排的乖学生，那天为什么会坐到后排已不可考。以我后来对她的了解，因为找不到教室所以来晚了没得座位挑选，或者想走阶梯大教室的前门却走错了后门下不去到前排，都像她做得出来的事。不过她好像认为那个时候我们已经是好朋友，所以她是跟着我跑，而我一向要挑天高皇帝远的位子才肯落座。

反正结果是那次上“仁”的课外课，瑞琦就坐在我旁边。我可能一如平常，老师在上面讲课，我在下面发表点意见。平素坐老师鼻子底下上课的乖学生当然不懂怎么在台下避开老师的目光偷说笑，就可能笑出了声音还是动作幅度太大，反正这个没经验的邻座就傻兮兮地引起了讲坛上师公讲师的注意，发出警告还被置之不理（可能因为被抓到的自认并非祸首），就把他给激怒了。

“像后面那位同学就是‘不仁的人’！”讲师很生气地指着他夫人的爱徒大声斥责。我虽是共犯（其实可能是主犯），可是我有经验，台上的人完全没发现另有始作俑者。

“你不想在这里听讲课，你就出去！”讲师非常坚持，没有骂骂就算了的意思。他和犯错的学生僵在那里，表示如果这个讲话的学生不离开，他就不继续授课。

在学校一向很乖的瑞琦哪里经历过这个？简直快哭了。我赶快收拾两人书本，拉她站起来向远方讲台旁的老师大声说了声对不起就向外走。我到今天都还记得国文老师看见被丈夫赶出去的竟是两个得意门生的惊讶表情。师公讲师发现原来骂少了一个，就在我们身后大声地补充：“像这两个同学就都是‘不仁的人’！”

从来没被老师这样责备过的瑞琦出了教室就哭，觉得遭逢奇耻大辱。虽然伤心，她还是对我表达感谢之意，觉得我太够意思了。我根本没被逮到,却仗义地陪她一起被赶出教室。碰到这么丢脸的事，要不是我拉她出来她真不知怎么办。

我赶快安慰她，这是多出来的加堂课，又不是非上不可，我早都不耐烦了。被赶出来正好早点闪人，是求之不得的好事呀，千万不用谢我，我还应该谢她上课敢偷说笑却不会躲讲师的目光，给了我们提早下课的好机会。后来的事我不记得了，不过瑞琦说我邀她去吃红豆冰，在冰店里一再保证她不会有事。果然那位仰慕丈夫学问又敬业的老师此后对加堂课的事情只字未提，好像那原本不必上的课从来没发生过。只是害乖乖牌的瑞琦白担心了好几天，不过她也就此发现原来在她印象中素来调皮捣蛋，上课爱讲话的同学，竟然不怕老师，还能共“患难”；遇到麻烦没把同伴丢下不管。

在我的记忆里，后排的我和前排的瑞琦就是这样做了好朋友。当然，她可能另外有一本账，不过这是我的文章。

既然被师公讲师赶出来了，“仁”这一堂课我就一直没上好。如果没记错，国文老师的先生引经据典地说了半天，我听起来好像“仁”就是“爱”。说“爱”太直白，“仁”听起来复杂很多，显得比较有学问。A=B=C，“道二，仁与不仁而已矣”，我就理解成世事可以“爱或不爱”二选一。

我本来一直觉得上课不好好听讲，和邻座聊天固然不是好行为，却跟“不仁”不搭界。可是如果仁就是爱，那我“不爱”在下课后花时间听老师的丈夫讲课，也算“不仁”。而且后来我又学到“以爱己之心爱人则尽仁”。如果冲这一说，当年师公在我背后骂的那句就没骂错。我做人别别扭扭，强分亲疏远近，从没做到过“以爱己之心爱人”，所以确实不是个“仁人”。

前些天出版社转来一本香港读者赠书，还附了一封信，开头就写：

“您好，我是您的忠实读者。自从看了您和朱天文的对谈之后，总觉得不好跟您通信，这大概是很主观的印象，觉得您不像康芸薇、姚宜瑛，甚至于梨华般的可亲。”

和天文对谈的内容已经忘了，而且信中提到的前辈风度都不是我可以望其项背的，可是蛛丝马迹都能让人看出我之“不可亲”，显见和天文讲话的时候虽有记录在侧，我还是诚实地流露出本来面貌。

其实我生性并不孤僻，可是除非缘分特殊（比如共过被老师赶出教室的患难)，确实很难打破藩篱和人交心。和一位以前在联合报系先后待过的新识闲聊，她说当时她在办公室里就听说过我这个人，传言中我对同事是客气而冷淡的，而且眼睛“只朝上看”。我想了想，当时的同事还真没有说错。我幼承家训，除了熟到不拘礼，待人向来客气，只是我不知道那样在同侪眼中也可以是“冷淡”;在没有去报系任职以前，我已经因为连续得到《联合报》的小说奖，和报老板以及几位投缘的高层熟识，连去《民生报》当儿童版主任都自认是去“帮忙”挽救快开天窗的新版面，没有觉得谋得一只饭碗或老板赏了一份“优差”，而且确实救完火就离开了，前后待不到一年。那时候我兼了几个职务，不但主编《王子》儿童杂志，帮电影公司改剧本，还帮华视张小燕的一个儿童节目写脚本，并没有机会和时间与年纪差不多的同事们发展办公室友谊。记忆中我在报社比较熟的“非高层”，除了后来不幸车祸去世的名记者刘复兴，就是那位一开始看我年轻想欺生的排版工人。我和那位熟练排版工不打不相识，我离开报社的时候除了王老板，就他请我吃了饭。

自己生性不可亲，身边几个亲朋好友却都是交朋友的高手，什么三教九流的人他们都能看得出好处，找得到共鸣。这是一种天才，常让我佩服不已。我也厚颜请教过诀窍，想要偷师。却都说没有窍门，他们就是“人人爱我，我爱人人”。四十年老友说不出自己哪里做得对，却显然觉得能诊断我的不对，她跟我讲大白话：“你就不要看到人一副怪相就对了！”

冤枉！我哪有？

“怎么没有，那你为什么讲国语要卷舌？跟陌生人讲话的时候声音也特别温柔？还有，你为什么脸上总要带着嘲讽的微笑？”

拜托！我的国语一向标准，如果不是吵架或训话，声音当然温柔。还有，看到陌生人，我都带着友善的微笑，什么叫做“嘲讽的微笑”？

我是有点迟钝（Slow Reaction），对有缘遇见的陌生人需要一点时间来了解是不是该有除了微笑以外的反应。这个态度对读者尤其不公平，想想人家已经看过我写的文章，可能主观上已经不觉得我是陌生人，我却犹犹豫豫，好像说“你谁呀？我认识你吗”。这种人要我看了，可能也会觉得挺讨厌。

还有找上门来说要研究我作品的研究生，遇上了“不可亲”到简直不识抬举的作者如我，可能会生气到觉得受到打击。可是作为一个作者，想表达的都在作品里了，如果读者觉得有什么未尽之意，那是我写作功夫不到家，没有清楚表达。否则，如果确有曲笔，那就是有意埋下的“密码”(Code)，自然无意解说。

我在创作的时候常常爱心充满。然而江山易改，禀性难移，和人直面相处就需要缘分和时间。“仁者爱人”，“博爱为仁”，以这样的标准，“师公”几十年前果然没有骂错。

时光胶囊

旧历年前出版社安排了一个小型记者会介绍新近出版的《民国素人志》第一卷《百年好合》。来的文化记者都是小朋友，看起来不比美国家里的大、小威哥大多少，我就倚老卖老，信口开河。她们问作者台湾文坛今昔之别。我说：以前我做青年作家的时候投稿，报社回函是“感谢赐稿”，现在说“予以留用”。

事实是，在这个功利的社会里，如果稿费三十年不变，人人就都知道作家穷酸。虽然“复出”以后，我还没有荣幸遇见过，却可以想见现在的报社高层看到作家，即便仰慕，也不会像看到企业家笑得那么甜。

文学不比电影，电影就算没赚钱，可是外界雾里看花，虚实难测;“电影人”又多半穿得比作家称头，走出去也看起来比较光鲜。幸而近来也有退休影星、政客夫人、企业家太太，不想跟小三、小四或者其他淑女竞提有钱就买得到的名牌包，就放眼写本夫子自道的书，多个“作家”的身份。这真不错，对阔太太而言，出本书比买个限量包门槛高得多，不是麻将桌上另外三位一时半会就赶得上的；对作家界，也可以拉抬一下人均身家，免得被势利的社会一竿子打翻。

以前台湾的社会搞特权，可是百姓不富裕，反而不那么朝钱看。像我小时候“清高”这个词就不是拿来骂人的（比如“自命清高”），更多的时候是褒词（比如“作家是一份清高的职业”）。可等我从美国李伯的大梦中醒来，嘿，家乡的一切全变了样。可我一抱怨稿费太少，人家就劝:你不靠这个，别计较!

我要是流行歌手周杰伦或者网络作家几把刀，我就要大声说：靠！从前在台湾搞文学，没有里子还有面子；现在还是没有银子，可居然有时要看脸子!

可是文学作者不能耍粗野，我只好抿嘴微笑，尽量优雅地说：不靠！不靠！我很幸运，我不靠稿费过日子，我花三十年赚够了生活费才又开始写小说，现在当是做慈善。

人家听我话说得酸溜溜，就继续劝：不要着急，说不定以后你的小说可以拍电影。如果人家找你编剧，那报酬就高了。

果然出版社告诉我，《桃花井》受到关注，虽然出版文学作品的出版社没有主动报名，作品还是被邀请参加行政院新闻局办的“影视平台媒合”交流活动。上周我得以躬逢其盛。

主办单位赶上时代潮流，安排了一个类似求职大会（Job Fair）一样的摆摊活动。就是作家或出版社代表在个大场子里坐堂，有意愿买版权的电影公司就登记一段时间趋前问卦。也就是主办方提供时空让买卖双方彼此认识认识，初浅交流一下，如果有缘，再论其他。

其实求职大会这个方式不差，尤其作为一个初次见面的平台，比捉对上馆子吃饭有效率。过去我在企业界常常要参加这类大拜拜，举凡上台做简报，下台摆地摊，画大饼卖爱迪亚（Idea），从投资人口袋里掏钱的事都不陌生。不过那是企业界，利字当头，没有身段和心理问题；在文艺界，我这次算大开眼界，当然也乐观其成，希望经由这类通路，能让作家“脱贫”。

想想从前在台湾当青年作家时感觉很高高在上的，可是看看现在年轻作家的处境，不免要对当时联合和中时两个大报的老板和众编辑，表达一下迟到了 N 年的钦佩和感激。原来王老板、余老板他们当年，那都是礼贤下士，把小朋友当成上宾待的呀？更别提像副刊的骆主编和高主编，那他们更是折节下交，跟小鬼平起平坐，把一群不识抬举的家伙都当成朋友了呀？

老华侨离开台湾太多年，重回“文坛”，不免处处感觉新鲜。感慨多了点，印刻派来接待的编辑小施小姐笑话作者：“晓云姐好像打开了时光胶囊。”

时光冻结确实是老华侨的特色；我以前有个祖籍台山的同事在美国中国城里出生，公司里要大家搬办公室，她还查查自己都不大认字的农历找个吉日。我们出去广东馆子吃烧腊面，她还要拗店家“加菜”（加份青菜）；有时候多付个五毛、一块，有时候人家看同乡份上免了。据她说，这都是“中国传统”，以后她还要负责地传给她身为第四代华裔的女儿。

我做了多年台湾的文坛逃兵，参的又是野狐禅，没有路数，却有幸瞻仰过前辈风范。可是回神归队，几位我曾私淑仰慕的前辈竟都作古了，还健在的我也疏于问候，多半没能保持联络。四下一望，发现自己已从小妹妹成了老婆婆，却没有传统可供传承。

参与“影视平台媒合”盛会归来，夜得一梦。梦中打开仿佛是小施小姐说的那枚时光胶囊，可是里面没有其他，只有一张纸上写着改过几个字的顾贞观《金缕曲》名句：

“我亦飘零久，卅年来，深恩负尽，死生师友。宿昔齐名非忝窃，只看杜陵穷瘦，曾不减夜郎僝僽。前辈长辞知己别，问人生到此凄凉否？”

云淡风轻近午天

台湾面积虽小，地貌多变，天气也变化多端。我在台南玩了几天，穿着短袖还挥汗如雨。北返却听说台北一整个星期都阴雨绵绵，又湿又冷。在台南的时候也听说八八水灾时南部瓢泼大雨到高铁停驶，台北却风和日丽，结果政府机关里下班以后去理发的、吃老丈人寿酒的几个高官，挂乌纱帽的挂乌纱帽，被叮满头包的被叮满头包。

说起水灾旧闻是因为和瑞琦去参观台南台湾文学馆时我问为啥文学馆特辟了一个台语文展区？台语文懂的人很少，又不是明定的官方语言，安置偌大一个展厅，结果展来展去都是那几位的作品，其中唯一的知名人士还是靠骂乡土小说大师博出位的新进，和其他对“台湾故事”做出贡献的作家相较，不符公平和比例。答问的人就举证水灾旧闻，说明反对党吵得凶，连大官都因为在南部下大雨的时候看台北天气不错，下班以后没加班坐镇指挥救灾应变，就被骂下了台，这里一个小单位，有人会吵，只好遂其所愿，与展出内容无关。

老华侨听说不能同意，因为争取展出是台语文簇拥群众的本职，他们当然该吵。可是有人在门口一叫板，官方就吓得顺应，拿公家的资源和稀泥、做人情，息事宁人，那就是乡愿，对不起纳税人；不过这事本地公民当作稀松平常，不放心上，轮不到老华侨说了又被批评有“高等华人嘴脸”，我就“惦惦”默不作声。反正上行下效；像那几个水灾时丢差挨骂的高官就是跟错了没有肩膀和原则的领导。亏得台北官迷多，连这样遇事龟缩的老板，都前仆后继地有人效力。

除了这个小小的感慨，其实和瑞琦去参观台南的台湾文学馆很有收获。谢谢苏伟贞和其他几位在地大德的帮忙，我们有幸进入库房一睹三十七年前两人合写给朱西宁先生的一封信。信写在一张五百格的稿纸上，我写前一半，瑞琦写的是后一半。当时我在纺织公司当总机小姐勤工俭学，还是文艺青年的瑞琦刚从暑期文艺营冶游深造归来。在文艺营里她曾经受教于朱先生，我则尚未得缘识荆，也随她称呼老师。

那年我们二十岁，青春正当时，看见自己完全忘记了的内容和稚嫩的笔迹，兴奋不已。抄录如下，也替自己留存一份回忆：

朱老师：

您好。

听李瑞琦说您对我还没有写完的那篇“随缘”觉得还可以，得着这样的一个鼓励，就试着把它给续完了。仓促的写就，竟跟原来的打算有了些出入；瑞琦催着，没时间回味，不知道是好是不好，真的要请朱老师给点指导。

瑞琦说“随缘”可能收入专辑，又说她写上了我的名字；我想，如果真有机会发表，就用“小云”是不是也行

呢？顺颂

文祺

蒋晓云敬上
一九七五年七月

少时书信

朱老师：

我不负使命，下了车直接到晓云家。昨晚，她赶稿，我疲倦得睡去。今晨，她忙赶着去上班，把誊稿的差事丢给我。希望您接到时，能赶得上付印的时间。

这是晓云第一篇写完的小说，以往有过几次的起头，最后都付之一掷。我们是好朋友，但是我的“鼓励”并不足以造成她写下去的力量。这次若不是得着这样一个大鼓励，她是再也懒得续完的。

要为我所带给您的一切麻烦，致最深的歉意。

祝

好

学生瑞琦敬上

七月廿二日

瑞琦和我读了信觉得可爱又可笑，感觉像回到当年。瑞琦说：“你那个时候的信就写得像个老太婆！你看我太幼稚了，什么‘疲倦得睡去’？哈哈哈！”

我对自己信上的老腔老调也很吃惊，难怪朱先生一见面就问我有没有受张爱玲影响。我自己就从来不觉得“随缘”哪里写得像张爱玲，倒是这封信有点三十年代的味道。可能我看多了章回和古典，讲场面话的时候就显得有点文绉绉。可是再怎么装腔作势，那时候就是个孩子，不明白光阴的残忍，以为青春无敌，流水无情恋落花，遇见什么福缘都不懂得珍惜。

最近我跟重逢的朋友谈到三生石的故事：僧园泽和李源是今生的好友，约定来世相见。李源在园泽圆寂以后，过了十来年依约往寻故人，听到牧童拍着牛角吟唱：

三生石上旧精魂，赏月吟风莫要论；
惭愧情人远相访，此身虽异性长存。

李源知道是园泽转世，正要前去相认，牧童却又唱了起来，唱完转身离去，不知所踪：

身前身后事茫茫，欲话因缘恐断肠；

吴越山川寻已遍，却回烟棹上瞿塘。

老华侨离开台湾超过半甲子，归来再见青春伙伴，众人外貌、身材“虽异”，本性可辨；欣喜之余却也有恍如隔世的感慨。家乡春和景明，今日云淡风轻，有缘看到从前的书信有感，也算我的春日偶成。

包饭和点心

和老哥聊天，谈到小时候认识的几个男生现在居然“家中红旗不倒，外面彩旗飘飘”。老哥说男人都一样，还算命不避亲戚，举自己妹夫为例，说妹夫老跑上海，就算没吃包饭，也一定吃过点心。

这让我想到一件跟吃饭有关的趣事，不知道算不算“吃点心”？

去年某天我看见书桌上丢了张上海台资牛排馆二人晚餐的收据，日期正好是我从浦东机场搭飞机回侨居地当天。烛光晚餐签单的是先生，同行的不是太太，不免动问。先生坦然说是送走老妻后不想一个人吃晚饭又想吃那家的牛排，就借机慰劳他当日加班辛苦的女秘书了。

女秘书？这位秘书我没见过，不过忽然触动了我编故事的灵感，就跟先生说：如果二位去你办公室楼下的“重庆鸡公煲”我就没意见。下雨天你们跑那么远去吃烛光晚餐，那一顿饭还是秘书小姐半个月工资，女秘书加班老板不发奖金却请吃情调餐厅？嗯，这样，黄粱一梦，人生如戏，我编个剧本你听听：

上海之梦

天上下着雨，车里有他和她的体温，玻璃有点起雾，雨里的徐汇区看起来比平常美丽干净。订好位的餐厅在静安区，正是拥挤的交通高峰期，车子走走停停，两个人可以谈的公事都谈完了。温文儒雅的老板闲闲问起，她就含羞带笑地讲起自己的家庭和短短三十年出头的生平。

叙起来老板比她的父亲还大一岁，可是看起来像两个世代的人。她完全没法把看起来不过四十许的美籍华人老板和她头发永远纠结像面条，身上已经有老人气味的奔六十岁的老爸爸想到一起去。老板不抽烟，靠近的时候似有似无地散发着外国洗发水的香味。柔柔的台湾腔普通话搭配英语单词听起来不像她的家乡话那么呱嘈，又洋气又好听。老板的休闲活动是打高尔夫球和带着太太到处找出名的馆子吃饭。

像这间牛排馆就很高档，装潢得金碧辉煌，他说跟太太常来。台湾人就会搞这一套，菜一道道地上来，还一道道介绍该怎么吃。老板在幽暗的灯光下看起来很年轻；好吧，就算不是真的年轻也比那些追求她的本地小青年风度好。她非常同情他有一个事业忙碌，到处飞来飞去，老是不在家的老婆，可是听起来他还很在乎她，说是一起长大的伴侣，到现在都是最好的朋友。她听他夸自己老婆有点不高兴，可是他好像没注意，一直转述那个中午刚离开的老女人告诉他的几个破笑话。烛光晚餐附赠一瓶红酒。原先她说不会喝，现在她要侍者替她满上。

吃定老板温和的个性和客气的风度不会让人太难堪，

晚饭后她借着几分酒意，撒娇耍赖地不让他送回家，非要去见识他的高档公寓，男人果然没能拒绝。

后来？后来她就变成了那间在她眼中堪称豪华的市中心公寓的女主人。

（听众打岔：喂喂！你这故事没有逻辑，也不是事实！哪有吃个饭就跳到成了女主人的道理？

编剧说：早说是编的，谁在说事实？从吃个饭就跳到成了女主人是蒙太奇手法，如果拍电影，这时候就给你一个下大雨，弄个什么“一树梨花压海棠”的镜头表示一下。又不是三级片，男主角是个老头有啥爱情戏好演的！还没完呢，听不听嘛你？

听众说：听就听！我看吃个饭你能编出什么来？）

离婚明明是前妻坚持的，却还卖了个天大的人情给他，说是“含泪成全”，事后他想起来竟有点着了道的感觉。不过毕竟是几十年的好友加夫妻，双方没有大吵大闹，财产公平分配，自始至终保持友好关系。他一辈子循规蹈矩，顶多对漂亮女人眼睛行行注目礼，嘴巴吃两句文雅的豆腐，心里骚动一下，没想到一付诸行动就换了老婆。虽然年轻的新婚妻子好像深爱着他甚至崇拜他，他应该飘飘然，不知怎么却隐约觉得这二婚有点像人家说的“炒楼炒成了房东，泡妞泡成了老公”，不知该喜还是该忧。

而且头婚的孩子都大了，他现在想享受人生。少妻却哭着吵着一定要做妈妈。温和的他又输了。

少妻是家里的独生女，她的父母从女儿怀孕起就搬在一起照顾，孩子出生后就更离不开了。原先简洁的欧风公寓里住进了她的一家人，搬进符合她父母品位的摆设。耳朵里听着岳父母用乡音互相称呼“杀千刀”和“强盗婆”，他不禁想起自己从前在这间屋里和前妻用英语叫对方“甜心”和“打铃”。不间断地有丈人家乡亲戚到上海在他家落脚打尖，原来宽敞舒适的公寓变得越来越拥挤，也越有在地风情。虽然岳父母都比他年轻，他毕竟还是女婿，渐渐地家成了他们的地盘，他像个年老的上门女婿。住在一起久了，在地人对他也像长辈那样指教起来。这里是中国，讲究长幼有序。

那天他在机场，看见前妻像以前两个人一起旅行时那样潇洒地拉着一件简单随身行李，风一样地从面前过去。他欣喜地正要打个招呼，可是手忙脚乱地顾着行李车上上海家里要他带的，大包小包孩子的尿片、奶粉，岳父母的维他命、西洋参，和老婆的高跟鞋、皮包、化妆品，竟然就没来得及喊出声。扶稳了行李，他急急推车上前，想赶上两步再叫，堆得太高的行李车上购物袋里又掉下几盒“有机草本”染发剂。老婆嫌本国货黑心不敢用，又抱怨他的头发白得太快了，这次特意叫他多买几盒回来囤积备用。将就岳父母，买的都是本地老人喜欢的墨黑色，染上像戴了顶黑帽子一样瓷实耐久；屋里三个老的一齐染也省事。他们更像一家人了……

（听众大笑打岔，佯嗔作结：别编了，太吓人了！吃个饭就成了一家人？还三个老人一起把头发染成黑帽子？亏你想得出！以后凡是女职员一律只发红利，连楼下的“鸡公煲”都不去了！）

到现在我也不知道老哥的“包饭和点心”理论到底正不正确，可是每个听过上面这个剧本的女朋友都被我逗得很乐。我对熟人看我故事对号入座一向反感，不过那次听众的反应让我觉得还算满意。

(后记:上文完成后敦请“老哥妹夫”审阅;读者边看边笑，证明有幽默感。也批准放行，证明有度量。却有条件，要求注明“本文纯属虚构”——谨遵所嘱，特为附记：本文纯属虚构。)

从吃素说起

儿子的女朋友吃“非宗教素”，可是讲究比虔诚的素食信徒只多不少；味精、没吃过的食材、不明底细的“特调”酱料一概谢绝，以至请她吃饭成了个麻烦事。有次请她一起去试一个新馆子的后果是高情商店家用白水煮了碗面让客人充饥，因为菜单上所有的餐点都用上了他们的招牌高汤，那个大骨老鸡慢火细炖的汤自然不素。小女生这么谨慎地择其所食，听儿子说原因是因为爱护动物，一般日常入菜的鸡、鸭、猪、牛、羊在她看来都太“可爱”，所以吃不得。

住家附近有野火鸡出没成为话题，她和儿子讥诮火鸡长相难看，声音难听，是一种不讨人喜欢的动物。我私下问儿子，她不喜欢火鸡，那吃吗？答案是不吃，长得太难看了，想到那个难看样子怎么吃得下去。(依我侄女儿的惯用形容辞，这时候要加一句“头上三条线”作结。)

世界上往往一方觉得道理成篇的事，另一方怎么试着理解也落得一头雾水。这种认知上的差异反映真实的人生，造成或大或小或悲或喜的影响，再注入时代、环境、个性、际遇的种种变量，就有了写实小说的趣味横生。可是创作既挂了招牌声明是“小说”，哪怕“事件”原来“有所本”，写进了小说里就是和读者分享一件即使有特定观点也隐而未宣的“八卦”，是非曲直自由心证，最后的“审判”(或叫“读后感”)是自己的智慧产权，全属个人；依我的浅见，作为小说读者，和作者完全没必要交流，相见争如不见，想象远比现实合逻辑。

我的非文友对我的兴趣是“写作”大惑不解。兴趣嘛，就要好玩；唱卡拉 OK、打球、玩牌、看戏甚至阅读好像都比“写作”作为“嗜好”有正当性。我跟她说就像念书的时候有人喜欢上音乐课，有人喜欢上体育课，我从小就喜欢上作文课是不是？(她同意)那么那些喜欢上音乐课和体育课的同学后来各以弹琴唱歌或打球游泳为嗜好，喜欢上作文课的拿“写作”当兴趣就一点都不奇怪了。

各种“写作”活动我偏爱小说创作。如果写散文像演讲，写小说就像讲相声;我以为听众不该要求说相声的负言责。“写小说”既是“嗜好”,自娱优先。可是因为写了也会想“献”(是“野人献曝”的“献”,可是也见过用“丢人现眼”的“现”的),所以行有余力也以娱人。

写小说是琵琶半遮面地“献”,写杂文却是以真面目示人。如果说的事不合先叙明是“贾府”里的风月，那就不能胡说，要负文责。我一向佩服人家杂文写得好，自叹不如。好友瑞琦说我这个珍藏“肚脐眼”的脾气坏事，遮遮掩掩怎么写得好杂文?

现在博客或部落格的博主或格主们，把什么都大方与读者分享，与“他暗我明”的网友广结善缘，真是勇敢。我看过好几篇“公民韩寒”的博客文章，风趣极了；轻轻松松地就把自己的意见、观察、感想用浅易的文字清楚表达，还懂得自嘲是“牢骚领袖”。网络世代果然不是吃素的。

像雾又像烟

心直口快的女友提出善意指教，说我上两个月“博文”多产，质量失衡。她举“香梦长圆”和“仁与不仁”为例，说前者让她深深感动，后者则是：“写的什么东西呀？”

人生难得有诤友，谨受教。可是另一位朋友说：“别听她的！你就随便写，最好每天写，有得看就好，我爱看。”

读者喜欢不喜欢一篇文章有种种原因，作者管不着。不过 Blog 是私人道场，我在这里念经碍不着谁。只要还没忘记密码，就由得我自由进出。笔墨游戏尽管看来好像“手”没遮拦，立意却不是私事公布栏，更不是自己和自己的作文比赛。我随兴之所至，在这个园地想谈天就说天，想说地就谈地，“无料是王道”，编辑于我无有哉，既不得审阅，也不得退稿，读者也要鼠标点对地方才进得来。

有新知首次见面就问我的星座。听说是“天蝎座”，就下结论道：那你注重个人隐私，不随便对人敞开心扉，不管人家问什么，你只说自己想说的事。

我对星座没有研究，却可以认同这个说法。其实我的Blog也不只是个人抒情管道，偶尔也有“密码”要传递。如果读者碰巧是我写作时设定的思想传递对象，就可能看见“狼烟”升起，得到消息；自然其他的读者没想到Blog竟被当成今之烽火台，就可能只看到一团迷雾污染空气，要忍不住骂句：“写的什么东西呀？”

朋友不大欣赏的“仁与不仁”就是特为最近才听说有我这么一号作者的青年读者而写。催生主因除了有显然年轻的朋友在网上“推”我这个“新进作家”，强调“蒋晓云是个好玩的人”让我有点害怕误导，更因为先后有两位文学所研究生留言表示要研究我的小说。我在受宠若惊之余，就想公告一下，天蝎座的作者不懂交朋友，生性不够友善，又不识抬举，如果没有特殊缘分，很难亲近，恐怕会让年轻热情的读者失望。结果两位中的一位果然再度留言表示理解，所以这个网络交流平台真的发挥了我预期的效果。如果读者看不懂狼烟，又不欣赏云里雾里，只像那位不吝指教的鄙友一样闻到了狼粪燃烧的臭气，那是作者笔力不到之处，敬请原谅。

如果到过国外中国城的游客，可能注意到老华侨的特性之一，就是“时光冻结”；像我对家乡的印象就停留在几十年前，以致对台湾现在这种“知识”、“常识”、“八卦”三者不分家的新境界，还在体验、学习和适应的阶段。看到研究文学作品不讨论“文本”却“以人为本”，就有股冲动想建议人家去研究林青霞。大明星从年轻到老都习惯在影剧版上分享人生，最近也出书改行做了作家。人家那种作家见过世面，不比我们这种“坐家”，连照个相都要遮遮掩掩才有安全感，遑论接受陌生人访谈，对着不熟的人自报家门。

我也觉得自己小家子气。其实我一直勤勤恳恳做人做事，读书就业，相夫教子，诚实纳税，小心开车，并无不可告人之事。把我放在父母的“鞋子”里看这个女儿，不但没有辱没门庭，所作所为甚至可说是差堪告慰二老在天之灵。只是这些“成就”吃人一问成了“匿迹文坛三十年”，我就没来由地心生惭愧，好像这几十年没有流落番邦，闹它个十嫁、八嫁，经历过各种悲欢离合，也敢回头来写小说有点“失格”。

面对诸如以下的提问：

请晓云老师谈谈您的求学经历，及其对您的创作所产生的影响。

匿迹文坛的三十年间，想必晓云老师的“世俗生活”也过得相当精彩，能否请您谈谈这段时间的最大成就？

我感觉即使详细回答也不过提供了一些不值一哂的个人资料，恐怕连满足读者的好奇心都不达，更别提对严肃的学术论文有帮助。

依我的浅见，研究小说，访谈作者的时间不如节省下来去读读作品。作者可能口不由心，只透露一点自己想说的；小说人物却已经创造诞生了，书也已经排印出版了，白纸黑字，想赖也赖不掉。让不能抵赖的作品自己说话，岂不比听信不想交心的作者来得可靠？

古来多少身世曲折的贵公子晚年潦倒，也只留下半本《红楼梦》，吴承恩不是猴子也没从石头里蹦出来，却照样把孙大圣写得活灵活现。我最近看见走红的网络作家玉照，虽然年轻有性格，和据说演绎他本人少年时代的帅哥明星差之也约有毫厘。凡此种种都教育我们，作者和作品不一定对得上号。就像喜欢一家馆子的菜，常去捧个场即可，又何必非要和厨子见上一面呢？厨子可能其貌不扬，看见了会影响食欲不说，厨子那边也害怕随便见客呢；见的人一多，保不定又多了个自认比厨子懂做菜的走到面前说："烧的什么东西呀？"

算不算张迷

老有人问我写作是不是受了张爱玲的影响，我想这事得我自己说了算。

至少在一九七四年我写第一篇正式发表的小说《随缘》（一九七五年《幼狮文艺》和《短篇小说选》）之前，我确实没听过张爱玲的大名。

我从小喜欢写故事，处女作发表在小四那年的《西门儿童文选》上。故事纯粹瞎编，题材选择可能跟看多了当时天天像莒光日一样主题正确的老三台连续剧有关；那个小说写一个叫“育安”的虚构表哥投笔从戎，为国捐躯，表妹既感伤心，又分享光荣。我妈看了以后硬套上我家的一个远亲，可是那位老表哥一脸疙疙瘩瘩，不帅不酷年纪又大，是个小心谨慎的公务员；十岁小童写的时候绝对没有想起他。可是我妈不由分说，根本不理作者的解释，非说：啊，晓云就是有个傅家表哥才写的这篇文章。

第二篇小说是我初一参加作文比赛，那次自由命题，我写了“哥哥的婚礼”，得了第一名。内容不大记得了，可是有人物、对白、情节，而且不是报导文学，算是我第一篇完整的小说。发表在古亭女中的布告栏里。

高中以后到作品正式散见报刊杂志之前，我写的故事就在教室里传给同学看。我记得有一阵子我在笔记纸上写章回爱情小说连载，写好一张，也不管老师上面在上什么课，就在讲台下面偷偷递出去给胆子大敢接招的同学读。每张笔记纸最后一句都是“欲知后事如何，且听下回分解”。

张爱玲的大名是在首次造访朱西宁先生家时才听说，当时朱老师问我有没有受到张爱玲的影响，我一口说没有，自忖未闻其名，更没看过她的作品。等到好友瑞琦买齐了她当时所有出版的作品并且推荐给我看后，我才发现自己在我妈订的《皇冠》杂志上读过连载的《半生缘》，也看过她的剧本或是电影《多少恨》。看的时候年纪太小，感觉无论小说或电影都很不对胃口，记得是一面看，一面骂，因为书中或电影中的几个主角误会来误会去，心眼忒小不说，运气也差得令我生气。

可是瑞琦那里借来的《传奇》和《流言》却让我佩服不已，觉得张爱玲的文字迷人极了，像我们这样天天说大白话的后生晚辈不够望其项背。后来夏志清先生、朱西宁先生把拙作拿去和她的文章相提并论，我觉得是莫大荣幸。不过也有人赖我是东施效颦，那就不太公允。我常常想，如果有人说我偷师金庸，那我可能还不能喊冤喊得这么大声，因为我毕竟是看人家的武侠小说长大的。可是金庸先生又看了谁的书呢？真正的祖师爷不就是那些时间无法淘汰，代代流传下来的中国古典名著吗？

几年前我刚到上海时住在南京路的酒店公寓里，最近的超市在久光百货公司地下室。我每次去都要经过一个老公寓，上面有块铜牌写着“常德公寓”。我觉得这个名字很眼熟，却想不起哪里见过。过了一阵子看见那块牌子下面加了一块牌子，注明是张爱玲的故居。我在电话里告诉瑞琦，教她快来上海玩，我住的地方离张爱玲故居就是几步路的事。后来我搬家了，她才来找我。没看见就不上心，我当时连“屋里厢”那种新天地的洋盘景点都介绍到了，可咱们两个都忘了上海还有这个如果真是张迷就该去造访的重要地标。

去年我和台湾两个死党在上海碰头。三人在一顿吃得又太饱的晚饭后漫步南京路。瑞琦只要看见有关张爱玲的书，也不管是谁写的都买，算我心目中合格的“张迷”。我就跟她说凡是张迷都得去常德公寓一访，那里楼下开了间咖啡馆，专供张迷去瞻仰时有个地方坐坐，我们可以去喝杯咖啡。当时天上下着小雨，我们站在马路这头望着对街的常德公寓，等一个很久不变的红绿灯变色，瑞琦忽然说：好了，不要过马路了，既然都饱得不想喝咖啡，我们还是再去血拼一下好了。

“什么！到了这里都不过去？”身为地主的我大叫起来，“如果不过马路，以后你就别跟我说你是张迷！”

“我什么时候说过我是张迷？”瑞琦抗议道，“我不过买了她的书和关于她的研究，我看完就忘，离张迷差得远了。大概就跟你比起来比较迷而已吧。”

新诗体小说

前两天新华网发布了一则有关刚才闭幕的香港电影节消息，说是台湾书展推荐了十六本书让华文影视界参考改编，提到其中有“台湾文坛新秀蒋晓云的力作《桃花井》”。作品受关注，至感欣慰，可是临老当新秀，却有点啼笑皆非。

忽然忆起最近在电视上看到和自己同时代的歌坛玉女吐舌遮面装可爱，对着来宾带上节目的大型犬表示“怕狗狗”。

咄！人家都敢当永远的玉女，我为什么不能是台湾文坛永远的“新秀”呢？不过我还是很高兴没有因为一晚数百美元的旅馆补助就贸然接受邀请，参加上周在香港的盛会。虽然我素来都向“有志不在年高”的姜子牙看齐，高年复出写小说不计毁誉。可是既然顶了“台湾文坛”的光环，也自感不能随便以“新秀”之姿出场吓人。

再说了，就算当文坛新秀没有年龄限制，我怕自己都不够资格。我在台湾的洗头店（还是洗脚店？）看到一个访谈节目的片段，受访的明星方芳拿出说相声的本事评论台湾影视界，说现在是：没有表情的当演员，没有嗓子的当歌星，没有身材的当模特，没有剧情的是连续剧，有剧情的是新闻。

按照那个逻辑，我也可以狗尾续貂，说华文创作：像新诗的是小说，像呓语的是散文？

以前有位在报社任职编辑的朋友，听说年轻的时候负责向当时炙手可热的武侠作家古龙催稿。古龙有时候喝醉了，或者打了夜牌爬不起来，或者因为其他原因缴不出当天的连载稿，这位才气纵横的朋友为了避免报纸开天窗只好代笔捉刀。他开玩笑说反正古龙那种写法，他设法拖个几天读者也看不出来：

> 拔刀，挥出。
>
> 太阳，反射，强烈的光……
>
> 她把剑高举，门户大开，迎上前去……

血喷出她的胸膛……

光圈消失，黑暗笼罩……

她嘴角含笑，缓缓倒下。

……

（注：懒得考证，上面几句是随手编的，差不多就是这个意思。基本上“……”就够读者自己去琢磨的了。）

老华侨不是专家，不过读过的闲书够多，以资深读者身份，认为古龙那个时候的文体就是华文新诗体小说的滥觞。他还最早用新诗体当成书名，像《流星·蝴蝶·剑》，大陆青春小说家郭敬明的《临界·爵迹》在我看来可以说是向前辈致敬，不过后者更臻化境。因为流星、蝴蝶和剑摆在一起，意象和意境都还可想象得出，后生小子的那个书名硬能把两个不搭界的生词放在一起，就更加抽象难懂了。

可是古龙他老兄把小说当新诗写情有可原，因为他写的时候常常喝高了。你试试看喝醉的时候作文？大着舌头还要讲究起承转合，逻辑论理，伏笔张本，确认情节丝丝入扣？

难啦！可是写诗讲求的是意境，诗人有特为喝醉才发诗兴的。

现在的小说家则不知道为什么写新诗体小说了？也许是现在的人太懒，连完整的句子都不想写或读？又或者这是当代文风所及，人人从众？老华侨参不透。不过确有年轻读者给我留言，几句话写得也像新诗，个个都成了日本俳句高手。中间的留白都给读的人自己去猜。

咦？会不会是认为反正人世间充满了误解，读者读不懂作者谅必是读者的损失，与作者无关，所以破罐子破摔？事实上文坛新秀都会写有头有尾的句子和文章，可就故意不写，跟读者玩猜猜看。

我小时候受到柏杨杂文的影响，一度认为新诗都是“打翻铅字架”之流。一直到高中，因为好友瑞琦喜欢新诗，介绍给我很多好诗，我才对新诗改观。可是诗之为诗，其中趣味不就是特为长话短说，留有余韵，让读者去思索，引导读者走进作者塑造出来的情境里去欣赏，甚至自况，以起共鸣？把小说写成新诗，在我这种资深读者看来，真是既对不起小说，也对不起新诗。

可能电玩世代，游戏程序不允许长篇大论，情境又被影像限制，想象空间压缩，读者和作者都训练有素，句子越写越短，小说成了计算机语言，不久后可以到 Java Library 里面东抓一句新诗，西抓一条俳句，倏倏就出来一本小说。到那时候，啰里啰嗦坚持说人话的写法就升格成其古典，奉之庙堂。

二〇一二年三月二十五日

家喻户不晓

好友瑞琦爱读书，连看闲书都有理论；她说最近出版的拙作《百年好合——民国素人志第一卷》，虽然故事独立，书中人物却多少有点关联，故事一个套一个，可以分开读，也可以合并读，算是“链接式”小说。

说到论述，我老哥也不遑多让。打从识字起我就跟他后面捡他看过的书读，他看着我长大，可能觉得比作者本人对作者的成长背景还权威，也铁口直断，说《民国素人志》的写法是我师法自己小时候很爱，可是现在声称不复记忆的《蜀山剑侠传》文体。

无论创作有无理论基础，或者真正的祖师爷何在，作者写得出，出版社愿意印，读者甘心掏钱买本（或下载一档）

来看看，才是真理。不过也有认识的读者直接向作者反映《民国素人志》人物太多，他眼花缭乱记不住。

我的浅见是，如果作者花偌大气力写了文章让读者只看一次就能丢开，那是作者的悲哀。《民国素人志》这本书首读应该当个短篇集子信手翻看，随便从哪一章开始都不影响了解“剧情”。如果看完以后感觉有余味，记得一二情节，有闲情可以再读。出版社小施小姐见告，有她认识的读者制作了人物表追踪各章角色关联。作者很承情，可是书中人物关系不乏淡至路人的，所以连不连得上没那么重要。反而是民国时代的推展，素人“由古渐今”的微妙变化，才真让作者白了头。

这两年我从原先的天天在办公室里开会，转换跑道，变成天天窝在书桌前写作。跟退休前相比，想象的世界扩大了，现实的世界却缩小了。我和人类社会的相处与互动，远不如和自创的“虚拟世界”频繁。可是哪怕笔下的“民国素人”在他们的大时代里过得热火朝天，我这今人的写作生涯却很寂寞冷清；如果独居，可以整天不说人话（或谓和人说话）。年轻的时候写小说，瑞琦就问过我：“苦不苦？”据她说，我的回答是：看人家都出去玩，我却独坐家中写作的时候就苦。

现在我也常常跟瑞琦开玩笑，请她偶尔要不吝叫个“好”，作者得到鼓励才写得下去。就像京剧演员练功很苦，受到的关注和报酬与影视明星不能比，可是演出时听到观众席中猛爆一声中气十足的“好”，如果正好叫到了点子上，那就算打了支强心针，让演员忘记勒头吊嗓的痛苦，兴高采烈地把戏唱下去。

一般小说我写好初稿就会发给瑞琦在内的小小“试读亲友团”试读，明的是请人挑错，私心未必不想讨个彩头。结果“试读”最大的效用却是让作者走出孤独幻想的小天地，倾听“人民的声音”，得到察纳雅言，在小说面世前改进的机会。

一位亲友团成员看了《百年好合——民国素人志》里的《北国有佳人》一章，抱怨里面对白方言太多，吴语难懂。我自己看了好几次都没看出来哪里难懂，只觉得上下文参照一下，就算不懂某地方言，猜也猜得出来。可是读者最大，后来写的我就不大量使用方言对白了。

《民国素人志》里另一章《珍珠衫》，是借用冯梦龙“三言”之一《古今小说》里“蒋兴哥重会珍珠衫”的典故来讲一个有好结果的外遇事件。故事里的正派男角以从前的标准来看都对爱人忒有度量，以致本来可能发生的人生悲剧得以喜剧收场。

旧小说的大意是：蒋兴哥的漂亮太太王三巧受人勾引闹了外遇，情到浓处还把夫家祖传的珍珠衫送给男朋友做纪念，结果碰巧被丈夫看见传家宝穿在别人身上，婚外情因此露馅。不像同代作者故事里的古人痛宰奸夫或淫妇，蒋兴哥心碎之余只忍痛提了离婚，三巧再嫁还厚送嫁妆，等同现代的予以祝福。后来兴哥吃了冤狱，三巧那时已是县官的宠妾，想起昔日恩情就出手救了前夫。县官发现二人关系，也成人之美，让兴哥和三巧破镜重圆。

瑞琦看了《珍珠衫》初稿，就问：题目为什么叫“珍珠衫”，跟你写的故事有什么关系？我讶异反问：《珍珠衫》是家喻户晓的民间故事，你怎么会不知道？

瑞琦好气又好笑地说：什么家喻户晓？你家是喻了，我家可不晓！

作者从善如流，赶快加了一段引言破题，把“珍珠衫”的出处和为什么用这么个篇名稍做交待。

正在收尾的《人生若只如初见》已经到了《民国素人志》的第二卷，写一个年轻时自由恋爱嫁得心上人，后来却遭感情背叛的老年怨妇。和朋友喝茶聊天，谈起最近的创作。朋友问：用“人生若只如初见”这样拗口的题目有什么特别的含义？

咦？纳兰性德的“拟古决绝词”名句耶。就算不得全文，这头一句可不是家喻户晓吗？谈恋爱吵架，乱吃飞醋，怀疑偷吃，都可以拿出来吟哦一番，抄抄寄去（如果是现代，就用手机发条简讯）。小至发娇嗔，大至暗引题目的“决绝”二字，是涵盖面广、打击力强，又兼具实用性的一阕绝妙好词！

朋友说：和男朋友吵架，如果劈腿，会说“那你找她以后就不要来找我”，如果和人“切”，就说“不跟你玩了”。谁会抄那种咿咿呀呀的古人句子？送去对方可能打电话来问：“喂，你写那啥咪意思？”

咳！我这都交的些什么朋友呀？好吧，虽然诗词的欣赏很主观，我就试着依照个人理解把纳兰性德的“拟古决绝词”翻译成白话，免得篇名借了千古佳句，写得作者柔肠百结，到最后却有读者骂“文不对题”。

人生若只如初见，何事秋风悲画扇？
等闲变却故人心，却道故心人易变。
骊山语罢清宵半，泪雨霖铃终不怨。
何如薄幸锦衣郎，比翼连枝当日愿。

翻译：人生如果永远像刚认识，彼此钟情的时候，怎么会有秋风一起，用不着了的夏天扇子就被抛弃的悲哀？你轻易地变了心，还说不相信爱情，强掰是爱人善变。唐明皇和杨贵妃情话绵绵到半夜，生离死别泪如雨下也没有留下怨恨，你却连薄幸的皇帝都比不上，他让爱人去受死前还讲些甜言蜜语，许过“在天愿作比翼鸟，在地愿为连理枝”的誓言。

闲话已毕，回去皓首“穷写”我那还差几笔的《民国素人志》“人生若只如初见”一章吧。

二〇一二年三月二十九日

作家情结

前言：

二〇一一年春天（四月《归去来兮——哑谜道场》部落格发布）之前，我独钟小说创作，自认不会写散文，一向韬晦藏拙，能免则免。上世纪七十年代上一轮的写作生涯中留下来的“非小说”只有几篇零碎稿件,《作家情结》也在其中，算是发表过的“不得意之作”。

那时（一九八九年）我住在佛罗里达州，林海音女士的公子夏烈先生在加州湾区主办一个文艺活动，给演讲人一张来回机票外带五星级酒店住宿。我离开台湾以后鲜少有机会和华语文化界接触，深居简出有年，主办人却极有说服力，就终于成行。之前我已经近十年没有以“作家”身份露过面，行前大约有些紧张，就写了《作家情结》为自己打气。现在看看，说什么跳完有氧体操以后跑去吃蛋糕，真是充满八十年代风情，令人哑然。而文末写的傻话，要自己“不怕、不怕”，更是可笑至极。不过有些观点历久弥新（或者叫没有进步）：抱怨华文写作稿费低，害怕面对陌生读者，厌恶熟人看小说对号入座。

本来写得这么差的一纸牢骚就该让它湮灭，可是文中自述回想起怎么从爱写的青年走到了罢写的中年，又怎么相较于当年听见“阿姨作家”一词如受当头棒喝的震惊，已化为今日自诩“阿婆作家”却谁奈我何的泰然。岁月原来没有负我，稀里糊涂，人生又晋一阶，二十年前未达“不惑”，转眼早过“知天命”，望“耳顺”，终将至平生向往的“从心所欲不逾矩”。偶得写坏了的“少作”，权当看见一张不上相的老照片，哪怕拍得再丑还有青春无敌，自暴其短是留昨日念想，聊供今朝笑玩。

二〇一二年五月三十一日

作家情结

和两个朋友去看杨德昌导演的《恐怖分子》。

剧中女作家抽烟，朋友附耳过来说："咦，你倒难得，不抽烟！"

剧中丈夫表示素来尊重太太写作，对白是："……连你书房都不敢进。"朋友笑起来，又凑过头问："你们家也是这样的吧？"

剧中女作家不告而别，失踪数日，归来不交代行踪，只说："写完了！"朋友乐了，连声说："就是这样的吗？作家都是这样吗？"

虽然被从小带我到处看电影的老哥严格训练"观戏不语"，到此为了表明立场，不能再保持缄默，就撇清道："是啊，写东西的人可能都有点神里神经的！"言下之意，当然是"咱不是那挂的"！

想想也是，我既不吸烟，又不熬夜（唯恐睡不够），更不远游，游也有方（我洗头去啦，我买菜去啦……），真是太不脱俗了。可那电影里还是有片段颇能引起我的共鸣。最让我感觉有意思的是剧中的读者们，一个个比那作家更进入小说，人人争着对号入座。

我看到剧中女作家婚前男友一角非赖上当她小说里男主角一段，不觉笑出声来。那段对白的精彩太具专业性，一戏院只有我一个人在笑，很是寂寞。

也许每个写了点什么文章发表的人都有过这种啼笑皆非的经验吧。有一阵子我差点以为是我的独家苦难，因为我的一个熟人替她全家人都在我的小说里找到了位置，她的妈妈大概选角不易，只好配给了我的“爸爸”。自然，我“爸爸”那一角也是她给派的。这件事的最高潮是她后来离了婚，据她说原因之一是她丈夫以我的小说为凭证，诬她婚前有太多男友(朋友写的每个爱情故事女主角都是她,男友焉得不多！)

我应该窃喜自己编的故事这样引人入胜，可是当时实在太年轻,只觉得是天大的冤枉,没口地申辩:“我没有写过你呀，没有呀，真的没有呀！”

“可是你写了长头发，我也是长头发……”她幽怨却坚定地指控，“他说你这样太不道德了！”

“咦？你不会告诉他我说我写的不是你？”我又急又气，

“我跟你说过多少次！我写的是小说，又不是写历史、写新闻，都是编的，不是真有其人，你为什么因为认识我，就一直要往自己身上扯呢？”

“我也告诉他的，可是他不相信！”她举出有力的一点，“你小说里那个女的穿蓝色衣服，他知道我最喜欢蓝色——”

“可是我不知道！”我粗鲁地打断她，“我不记得我写人家穿什么颜色的衣服，那件衣服对那个故事不重要。可能我那天刚好用了一支蓝色的原子笔。我发誓我写的时候绝对没有想到你……”

碰到这样夹缠不清的人，发誓没有用，恐怕自杀都没有用吧。可怕的是，我年纪渐渐长大，生活中遇见这样的熟人有增无减，有时候真是令人灰心。这几年我用英文名字的机会多，碰到人家问自己中文名字的时候就变得口齿特别不清楚。从未鼓励我当作家的父亲竟然为此大表不满，“又不是做过贼！”他说。

有一阵子公余去跳有氧韵律操。这些老师自己租个地方就跳起来的体操教室是连锁店；从音乐、动作，到如何鼓舞学员士气都是一个高高在上的总部统一设计规划的。一屋子女士常常一面气喘如牛，一面还要跟着老师乱喊：“大家一起跟我说：‘我不胖，我不肥，再跳几下肥油掉，永远永远掉—掉！’”

当然这都是我瞎翻的，意思差不多就是了。这还没完，大房间里环肥燕瘦，跟着前面一个女人大吼大叫，有问有答：

“你能做到吗？”领袖喊。

“我能做得到！”众人答。

“谁是敌人？”领袖喊。

“肥油，肥油，肥油！”众人答。

“再十下、再九下……，等下就能吃蛋糕！”领袖喊。

“吃蛋糕！”众人欢呼。

我的自我意识太强，虽然相信体操健身，却没有办法在大庭广众前随波逐流瞎嚷嚷。回想高中参加节庆游行喊口号，我都喊“啊啊啊——”代替“某某万岁”。可是闭着嘴用劲，或者抿着嘴偷笑，却不是有氧运动的真谛。后来一天我忽然想通，叫就叫吧，呼呼喘气也未见得比鬼叫优雅。这一张嘴把腼腆丢开，简直如入新天地，不但哇哇哇地自己很投入，和班上的三姨妈六姑婆也马上认同，交成朋友，上课切磋舞艺，下课同品糕点。跟着老师八七五六，做到气竭方休。

人生在世很多时候都需要韵律操教室里那种不经思索的理直气壮。我就深恨自己为什么不能对是“作家”也有同样的勇气叫它一叫？打开报纸，有“离婚后心理复健协会”，有“戒酒戒毒重建中心”，却没有地方治我的毛病。

这几天我又陷于困扰。原因是在旧金山的一个协会邀我以作家身份去演讲。“避世”有年，谢绝不难，可是主持人很有说服力。他说：“这对你有好处，你已经离开台湾很多年，读者已经忘记你了，你已经是‘阿姨作家’……”

是啊！一转眼十几年了，已经是“阿姨作家”，为什么人家一把我当“作家”，我就仿佛有罪不能抬头。我写得少，我的书不畅销，可是既不是有人代笔捉刀，又不是自费印行满街派送，大约不必骄傲，却也不必惭愧到让父亲都生气吧。

我想起多年以前，我曾迫不及待地要变老：嘿，如果我够老，读者就不敢来跟我说：“你为什么不是长头发？我觉得你应该是长头发！”或者很遗憾地说：“你比我想象中胖！看你的小说你应该很瘦。”

现在我不再年轻，年轻时做过“青年作家”所受的心理伤害却没有痊愈，至今不愿以作家面貌示人的心理障碍植基于当时。多年前有一次应邀签书，读者看见签名就抗议：“你的字不会那么丑吧！请你好好签行不行？”又有一次，来访的记者小姐说：“你那么年轻却把爱情写得很深刻，自己的感情生活一定多彩多姿！”

写作不过是爱好，不是天降大任，我无意为兴趣受苦受难受冤枉，更加不认为作者该为读者的“烦特思”（fantasy）负责。演艺人员在我们的社会里报酬比作者高很多，“烦特思”的满足也公认是这份高酬交换的服务之一。作者在稿费十年如一日的情形之下还要抛头露面，我真觉得不太公平。

所以我将对三百人以作家身份演讲视为步入中年后的自我心理建设。我还没有神经质到要照着镜子说：“不怕！没什么好怕的。读者并不可怕。没人会批评我的长相，质问我的感情。听讲只是想分享作者的文学观点。如果要看好看的人，观众会买票去看明星秀，谁要看作家？所以不怕！不怕！”

然而我是想的。我忽然怀念起那个总是汗湿重衫却不忘大嚷大叫给学员打气的韵律操老师来。

原载一九八九年一月二十日《联合报》副刊

（联合报）

不与今番同

好友们看我爱编故事，时不时会好意提供小说素材；可是入得了她们法眼，有兴致转述的事情通常都离经叛道，虽然说来是真人真事精彩万分，可是却被我以“小说要比真实的人生合逻辑”为理由打枪。其实打开报纸或者传媒网页看看，读者就会相信小说比人生合理。作者既然号称创作的是写实小说，不是志怪，哪怕瞎编，时代背景也需有凭有据，情节发展也要合情合理，才能过得了作者自己这一关，进而让读者买单。除了以俊男美女为号召的偶像剧可以胡说八道至穿越古今，男女互换躯壳，哪里见过正经小说好通篇不负责任地写道“不知为了什么”，下一个环节就横空出世？

读报看见一则标题开头四个大字是“老妪隆胸”的新闻，

说是大陆上一位六十出头的王琴女士为寻找与之有过三日情的初恋情人做了种种努力，其中包括进行隆乳手术。现在的记者好当，坐办公室里在网上搜搜，看到无聊名人的，或者有趣素人的，微博追踪一下，报而导之，凑够字数就能交差。下面是大陆网报称为“励志婆婆”，台湾网报称为“隆胸老妪”的新闻引用：

七月三日，“励志婆婆”在两条微博中写道：“刚刚收到短信，说你早已不在人世。我不敢相信！我能接受脸蛋红扑扑的帅小伙变成白发苍苍的老大爷，但我无法接受这个世上早已没了你。”

“当得知你多年前就来到了深圳，我便傻傻地跑了来。假若你已是大款，我会悄然离去；假若你已轮椅伴身，我会义无反顾地接你回湖北老家……为了见你，我就像个涉世不深的少女，不顾众人反对，拿出多年积蓄做了隆胸，就为变成十六岁与你初相识的模样。可这一切已是徒劳，迟一点，天上见……”

报导最后说得知初恋情人过世的消息之后：

“励志婆婆”不再上网，几天也没有更新微博，把自己关在了病房里……“万念俱灰、伤痛欲绝”……她已经打听到了初恋情人向先生的安息之地，“等我好了就去看看他，算是对我内心的一丝安慰”。她打算，“等待我手术完事后，静下来写一本怀念他的书”。

世事多凑巧，我最近写的“民国素人”小说中也有一个年纪跟“励志婆婆”相仿的女士在晚年寻找初恋情人的故事。天马行空的作者设想两老重逢以后，不同当年少年情侣分手，即使并非环境所迫，而是自找麻烦，吵架绝交，总还留下今生此后的一点悬念；可是到了晚年重逢，哪怕衷心谅解甚至旧情复燃，念及寿限有终，即使心中依恋如昔，却已了然生离即是死别，相见争如不见。可是既不想见，却又不能停止想念，此中“新苦”，值得一记。根据创作需要，作者好好地把青梅竹马相识，却到了应该“老来万缘空”，才得以重相逢的种种情绪和可能发生的状况琢磨了一把。更到故纸堆里去“找感觉”。偶然读到北宋晏几道的《离多最是》，不禁拍案！词云：

离多最是，东西流水，终解两相逢。浅情终似，行云无定，犹到梦魂中。

可怜人意，薄于云水，佳会更难重。细想从来，断肠多处，不与今番同。

那种经历了一生后还没忘却初衷的爱情应该就是这样吧？相爱却未能相守的两个人，到了晚年寻访再见，各有际遇波折，心情再不同于少艾相慕是共谱生命乐章的起音，老去重逢只能是独吟低唱的尾声。不再单纯的感情是曲折婉转的行云流水，千年前词人描述的相思断肠，经过人生的经验和反刍推敲，情绪层层堆栈再又抽丝剥茧，终于体认出“不与今番同”的断肠之处。

“励志婆婆”的新闻就在作者认为“找到感觉”的同时映入眼帘；看见真实人生中老太太为了见初恋情人做的前期准备只能无言地掷笔（丢开笔电 laptop）长叹。

咳，再怎么能胡扯，埋首唐诗宋词从流传千年的感情中去寻觅灵感，写小说的也编不出时人“老妪隆乳”这样“瞎”的情节呀。最让人费解的还有老太自云：“拿出多年积蓄做了隆胸，就为变成十六岁与你初相识的模样”。算起来“励志婆婆”十六岁的时候是上世纪六十年代，那年头在台湾，男生和女生牵小手都不普遍，刚开始文革的大陆，就算发育得又早又好，青少年就能注意到女生胸上去？难怪王老太的真实人生让爱编故事的作者竖白旗——当年谈早恋的那二位前辈“细想从来”恐怕不是普通孩子，也算“不与今番同”。

二〇一二年七月十五日

革命之母

写杂文有时我自称“老华侨”，以为任谁都看得出来是开玩笑。这个称呼有点自嘲，有点自谦，有点惭愧，有点近乡情怯，想对跟不上故乡的变化推卸责任（Disclaim），无奈得近乎无赖。意思挺复杂，自己都说不清，唯一确认的是这个称号里头一点没有的意思就是“身份认同”。

在我还是台湾小姑娘的年代，华侨是很有趣的一种人，他们总是十月份来到台湾，在双十节典礼中披红挂彩，高坐贵宾台。我的童年印象里，和达官显贵同席的最早都是男华侨，多数面带风霜，肤色黑黄，穿着宽大的西装，偶尔被拱上台讲几句话，一律表现得言语木讷，南音严重。听当时号称“最美丽的主持人”介绍起来，个个都是“侨领”，客人朴素的外表却更接近中国南方的农民形象。他们被请到“总统府”去握手和合影，有个别的宣布要在台北买块地，投资盖个观光酒店啥的，报纸就称为“爱国华侨”，让穿着旗袍，高出不止一个头的电影女明星和晚会主持人，一左一右挽着照相留念。

那年头华侨出席的场合一定配备当红的影歌星做陪客，要不是那些男华侨的婚姻状态不明朗，简直都有点官方替爱国华侨牵线做媒的味道。放诸今日，出席酒会的影视红星非要被数字周刊喊成“饭局妹”，狠狠地亏一顿不可。然而四十年前的台湾和二十年前的大陆很像，华侨带来外汇，帮忙建设祖国，很受社会敬重。那时候大小不在考虑范围之内，提起“祖国”绝无分号，国府自认推翻满清奉中华正溯，华侨的“祖国”，毫无疑义就是“只此一家”的“自由中国”宝岛台湾。当时“去古未远”，辛亥建国、抗战胜利到了日子都要大肆庆祝，记得有个口号叫“华侨是革命之母”，纪念晚会的时候依例要大力感谢“革命之母”们记得祖国同胞“回家看看”。当时营造的气氛是只要来台湾的侨胞，无论是在台北炒地皮还是向公家银行贷款都算“爱国”，连后来跟了他们的影歌星和美丽主持人，也都算“爱国”。

当时“华侨”不在台湾小姑娘的生活圈子里，远远隔岸而观，风景模糊。等到自己在国外定居多年，依据粗浅的个人经验，发现“归国侨领”原来未必就是华侨中的头面人物，无论从前双十节回台湾坐贵宾席的，或者后来十月一日去天安门观礼的，“归国侨领”和一般侨民最大的不同处在“认不认识领事馆里的人”。二十年前我亲见一位从台湾移居美国，三代无涉政治，自己也没有蓝绿立场，而且绝非侨领的寻常百姓邻居，接受统战部的招待全家去大陆旅游两星期，据说不但全程免费，去的地方比旅行社收费的景点还“牛”，连闲人免进的钓鱼台宾馆、人民大会堂一类后来“连爷爷”才去得到的重地都在行程上。结果想当然是“伪侨领”阖府尽欢，领事馆的驻外人员也凑足上级交待的“爱国华侨”名额。

高中死党帮忙推广我的小说《民国素人志》第一卷，买了一摞让我签好名放在车厢里备用。她说这本书名起得好，《百年好合》，除了婚礼的时候代替红包挺顺手，不到两百元新台币就能捣件礼物，忒划算，还不提此举搭上人情，让作者老友“足感心”；完全符合台湾俗谚“摸蛤兼洗裤——一兼两顾”的精神。

她手上的书远送到了加拿大。一位“华侨”读者和她分享读后感，说是为作者担心，因为依据她的经验，台湾人普遍“讨厌侨民”，“素人志”中角色几乎都是“侨民”，恐怕家乡父老要当成为“背弃台湾”的人立传，题材“离人心太远”。

和那位忧心忡忡的加拿大读者相反，不久前我听到有读者盛赞《民国素人志》取材不同一般，格局恢宏，表现了作者的“国际观”。

无论取材评价是褒是贬，作者自认《百年好合》破题就明言写的是民国素人，居然有读者误解成是为侨民立传，想必是哪里出了差错。这套书中人物不限省籍，以台湾史观来说，就是既有外省人也有本省人，共同处是有过一张民国一年到三十八年中华民国身份证的女性。哪怕是第一卷里的六位，也只有《北国有佳人》中的退休舞女因为戒严时期涉案畏惧而逃离“祖国”。《凤求凰》里的面馆老板娘和她的女儿从一九四八年左右迁居台湾以后，可能根本没有出过台北城，《珍珠衫》里年轻时为了投亲嫁到美国的女人，落叶归根，二嫁成了台北新贵的夫人，《百年好合》里的百岁资本家老太以及《女儿心》里的贵妇和台湾没有渊源，从一九四九年离开上海后，就成了世界公民，《昨宵绮帐》里的上海小姐终老台湾，还把房产捐做公益。素人们的起点是“中华民国”而非台湾，身世流离是因为所处时代动荡。说她们是“难民”或可成立，不知何来侨民和背弃台湾之说？

作者生性滑稽，难得严肃。摒挡娱乐，计划以数年时间创作素人系列小说，虽无名利可图，却始终沾沾自喜，以为在替离乡背井的上一代发声，尽一己绵薄之力，以文学为名，凑上世界华人的一角拼图。不料所写的民国素人被窄化成“台侨”，想必是作者笔力未逮，引起误会，需要检讨。

不过读小说这档子事，本来就是青菜萝卜各有所爱。读后感的智慧财产属于读者，书既然出版，作者只能放手，任由看官心领神会，无从置喙。几年前台湾有位教育部长别出心裁，不甩地球南北为轴的“成见”，把台湾地图横过来作解，这样看出去的世界想是大不同；就像奔跃草原的豹子被镜头捕捉剪影，到了玩创意的人手里幻化成印染到 MIT 小摆件上去的美丽豹纹那样吧。

二〇一二年九月三日

民国苦吟

朋友问怎么最近都没看到发表杂文,原因自然是作者“回归本业”,忙着写小说去了。《民国素人志》繁体字版第二卷《红柳娃》二〇一三年一月十八日面世,虽然都是短篇故事,首尾并不衔接,并没有全书未完之虑。可是既然决定写“系列”,第三卷自然要加紧脚步,再接再厉,鞭策自己不可偷懒懈怠。

可是创作不是葱油饼,拿个面团揉揉,遵循一定程序,依样画葫芦就做得出成品。大家都熟的唐诗“苦吟”金句“拈断数茎须”的下两句不那么广为人知,其实更加苦情兼苦力:“险觅天应闷,狂搜海亦枯。”可怜的作者,上天下海就为了找一个对的字。

我努力了大半辈子,好不容易到了可以“享福”的年纪,却主动放弃各种娱乐活动和赚钱花钱的机会，枯坐斗室，为三十八个分别在民国一年到三十八年出生的“古人”愁白了头。《民国素人志》不但是母姊辈几十个女人的一生，她们之间还错综复杂地有些牵扯，书中人物的年龄、个性、出身、际遇不能雷同，和她们的时代又要丝丝入扣，写错就要出糗，Project 既难且大，早已偏离了我写小说纯自娱的初衷，真是自找罪受。

好友瑞琦忍不住笑问：“我就纳闷，你怎么会做这种自找麻烦的事呢？实在太不像你了！”

她这一题我还真答不上来，肉麻一点只能说：这就是“爱”吧？

最近一次到上海，有幸结识仰慕已久的对岸文坛一姐王安忆，还蒙她引荐给新经典出版公司商谈出版简体字《民国素人志》。和王安忆份属好友的选书编辑比我大几岁，见多识广，以老大姐身份几次勉励：“你好好写，我们都认为你能成气候，不过身体最重要。会写还要有健康的身体才能长久！”可见写作非同儿戏，是劳心伤身，需要体力来拼搏的事业。复出以来，我嘴里说得轻松，其实这份“自娱”之心，大概和真爱一样，都是靠想象出来的美好在支持。

我青年时期写小说连续得奖，作品广受好评，不但读者关注，连素昧平生的大作家和知名学者也都不吝赏识，折节下交，乳臭未干的小鬼自然飘飘然，对写作倾心。那时的作者和写小说是“两情相悦”;知道自己费了心思,花了时间去写，小说不会“负我”，深信只要相爱，当然此情绵绵。

当年我父母却觉得写小说不能托付终身，我自己又没有足够的人生经验，年轻幼稚得分辨不出初恋是否真爱，结果就像韩剧翻译的拗口对白:“没有以结婚为前提交往”，后来就果然“新娘不是我”。几十年来，跌跌撞撞地走了一条充满了惊奇，虽然不算失败，却始终怅然若失的旅程。初老回头，带着返璞归真的赤子之心，一心就想寻回当初轻易到手，却未懂珍惜的最爱。

可是情人一度失散，半甲子后重逢，要一下就寻回当年的热情谈何容易！昔日爱人眼中看见的究竟是风霜带来的皱纹和白发，还是时光浸润出的智慧和风度？我不知道作者和小说之间再续前缘究竟是一方单恋还是会相爱如前？总之诚惶诚恐，小心应对，虽然百死不悔地将心托与明月，毕竟秦月汉关，时空改变，如果月亮非往沟里照，那也莫可奈何。

三十几年前得小说奖是件大事，现在文学奖满马路，得奖不得奖和中学作文比赛引起的动静差不多。因为自己孤陋寡闻，如今台湾台面上的文学评审大都是我未闻其名的大人物，即使一两位听过大名，也是江湖上把前浪打倒在沙滩上的雄伟后浪。

前几天我收到台湾文学奖恭贺作者“入围”的“杠龟”（闽南语，意味输了）奖牌，啼笑皆非。出版社安慰：晓云姐，入围就很难了。

可是不识抬举的作者看到一位评审自述对拙作“投不下去”的原因之一是作者长年住在美国，想当然尔对台湾疏离。虽然这个说法未能表现出文学专业，起码直白大胆，毫不掩饰个人偏见。可惜作者没有机会申述自从二〇〇五年以来，已经“回归”华文世界，算是因为“身世不明”连累了自己的小说。

不过说到底还比得奖的那位幸运，因为评审们居然公认小说奖得奖作品“写得不像小说”。更有趣的是，先前指出拙作“严重的缺陷”是：“蒋晓云多年来人在美国，不管写台湾还是写大陆的社会都有距离”之同位评审，对得奖作品的评语也别出心裁，认为得奖作者近年创作的题材一再重复，根据评审记录原话是：“如果得奖，要附一句，希望她不要再写这样的小说。”听起来好像给奖的条件之一是，冀望作者对同一题材到此为止。

我这人喜欢胡思乱想，虽然和前述不搭界，却忍不住联想到一则影剧逸闻：台湾女星的大陆婆婆是餐饮界女强人，财大气粗，向爱美媳妇看齐，声称最喜欢巴黎名牌时装，一有新装上市，就抢购穿出见客。现在的网络新闻和读者互动，就有刻薄的留言：建议名牌时装付广告费给女强人，请她以后不要再穿了。

二〇一三年一月十六日

云深不知处

有几位我尊敬的前辈建议我写职场小说。为证明所言不虚，还列举成功典范鼓励作者见贤思齐：

一位说："你看过香港有个梁凤仪写的商界小说吗？卖得好呀！"

一位说："《杜拉拉升职记》又出书，又改编成电影、电视剧，火得不得了呢！"

有一位是科学家，客观地做出分析："全世界都说要复制'硅谷'经验，硅谷你住了二十年，又在跨国公司工作了三十年，肚子里多少第一手职场故事？现在的华文读者就关心升官发财这些事，你当笑话跟我们讲的办公室政治和硅谷名人轶闻，都是读者最感兴趣的题材，不写可惜。"他还铁口直断，将来我要靠职场小说扬名立万。

有位好友脑部受损，去年六月倒下，住院昏睡了两个月后逐渐康复，年底才得以从疗养院回家，自述感觉睡了一个长长的觉醒过来，除了发现自己从声洪气足，说了就算的堂堂一家之主，摇身一变，成了病体支离，俯仰由人，每次外出只能领取一百元台币零用金的长期病号，中间一切过程记忆不存，别人说起半年来和他的种种互动，但凡昏迷、急救、病中谁来探望、有过什么对答，对他而言都是一片模糊，听说了多次以后也只感觉疑幻疑真，恍如梦中情由。

我追忆自己大半辈子的职场经历，竟然跟脑病后遗症状多有雷同，简单地说，就是一场大梦，醒来后忘记的比记得的多。当然，隐约记得梦中曾是世界二百强企业的得力员工、优秀主管，这三十年也确实起到了对个人家庭经济的支持，甚至持续提供了现在选择提早退休，重新写作的活水源头。回顾以往，平淡安逸，没有什么以抱怨后悔，却也没有什么可以歌颂缅怀。除了巧遇过一些奇人异事实在难忘，可以当成现在佐茶下饭的趣谈，其他日复一日的视察开会、预算编列、脑力激荡、计划简报、评荐嘉奖，和刷牙洗脸、开车上班、养儿育子、回家吃饭一样：统统是无可避免的生活琐碎，不值一哂，遑论感动到想发而为文，编成小说，和读者分享。

最近听人说起在我印象中是情种的老友和小他二十岁女友的相处情形，信口批评道：小姑娘的感情对他而言太粗糙了。知情人很看好男长女幼、年纪悬殊的一对爱侣，正色驳我："人家高兴就好！别人凭什么说三道四？我劝你少管闲事。"

这是天大的误会，我那纯就创作发言。在作者眼中，无论粗糙或者细腻都是感情，就是表现的形态有异而已。粗糙的感情如非当事，很难懂得，何况是第三者把它描写出来让读者明白。我年轻的时候在现实生活中曾经遇到过一对刚打完架的中年夫妻，那位阿姨可能伤心太过，不计年龄和辈分，向我这小姑娘投诉丈夫种种粗暴的行为，热心过头的听众也没大没小地表态支持，瞎嚷："马上报警，我们这就去验伤，跟他离婚！"

女主角茫然良久，最终幽幽叹息道："可是他是爱我的，他的薪水袋原封不动全都交给我，自己连零用钱都不留的。没有其他男人像他这样对我好的……"

当时我只觉得荒唐可笑！才被当成人肉沙包耶，别说动了手，承平时候也要写(抄)它几首伤春悲秋的诗出来才算爱吧？可是等时光过去半甲子，哪怕我从来没逮到机会下场打几架，却也终于能心安理得地写一对恩爱夫妻从三楼打到一楼(见拙作《百年好合》中《凤求凰》一章)。如果有人质疑，我还会信心十足地嗤之以鼻："这有什么不可能？！"

职场里的人也都从生活里走来，不应全是无趣的吧？只是我刚刚才从那场梦里惊醒，记得的一切都匆忙粗糙，无聊透顶。就算市场欢迎，要是现在就以过往职场见闻为蓝本编小说，哪怕写得出来，大约也和小学生记录郊游差不多，连自己这关也过不去。难得去趟地狱谷，猛然看见火山地貌奇特，温泉竟能熟蛋，不免激动，住在阳明山上，大概就只觉硫磺熏人，气味刺鼻，巴望搬家。我知道生命里没有第二个三十年让我挥霍，然而怎么样也得作者从云深处走出来，自己先回回神才能开始张望。

二〇一三年二月十五日

咁都得？点都得！

当年台湾小姑娘出国，几十年后华侨老太太还乡，少艾成了老壮。应邀报纸写专栏，编者说题材自定。牵线的出版社总编建议当成一本书来写，便利将来结集。谢谢厚爱，我的散文功底肤浅，居然有行家鼓励，汗颜之余就厚颜从命了。

小说作者躲在虚拟故事里，说错了可以推给书中人物，说不出个道理，是书里那个角色学问差，不撇也清，起码可以赖皮。写杂文要站到台前，现身说法，斤两一掂便知，读书不多，应该藏拙。可是回到台湾，到处看见谈话节目，俗称名嘴的评论员坐在那里拉家常，从名人家务到世界大事，什么都能聊。话说得太多，功课显然没时间做足，常常让门外汉的观众如在下，也感觉对谈是闽南话说的“五四三”，不着调。不过节目历久不衰，越开越多，可见家乡父老对胡说八道的容忍度不凡。

人生兜了个大圈，再度回到出生地之前，我在国外工作了三十年，上班用的是非母语，有时觉得表达不能淋漓尽致，就懒得开口；叽叽喳喳的话匣子关起来，装出深不可测的样子。本来自以为谨言慎行，却不知是哪里露了馅，总有人觉得我有意见可是按下未表。开会时我貌似专注，其实早就走神了，主席突然看过来，说:“咦，‘蒋博士’今天没发言，给大家讲两句？”

既然被点名，只好发挥急智，插科打诨，说点什么对付过去；那种时候，话说得好用不如说得好笑，全体哈哈一阵，散会的时候还会有人过来赞美其他发言冗长无聊，只有最后几句东拉西扯讲得最好。美国人吃这一套,里根做总统的时候，重要场合老打瞌睡，就靠讲笑话撑场子。

小时候总觉得人要聪明，过目不忘，不读书也考第一，才是自己的偶像。皓首穷经,天天苦读的同学,哪怕高中状元，也不值得羡慕。等到年纪渐长，才了解努力专注不但是美德，也是个性和本事；美德需要培养，个性很难改变，而本事更是未必追求可得。

儿子小威哥申请大学的时候，老妈无意中听见大威哥给弟弟忠告：“妈妈是错的！她总说什么跳得高不如长得高，努力赶不上天生。告诉你，我们要不是她的小孩，就会像其他亚裔那样进哈佛。不过现在跟你讲这个太迟了，你像我一样，大学好好用功把成绩搞上去，准备考研究所吧。”最后那两句听起来竟有几分大势已去的苍凉。

我以为自己从来没有教导过孩子玩世不恭，鄙视努力。哪知言教不如身教，儿子们已被潜移默化，幸而老大及时觉悟受害，还提醒弟弟，让老妈惭愧不已。写作可能是我这辈子最认真的事了，可惜中文程度有限的他们，对老妈这一面一无所悉。

不过写小说严肃对待，写杂文我却想天马行空，回归本性。广东朋友有句口头禅表达惊叹：“咁都得？”我每听见台湾名嘴信口开河，都不由自主地冒出这句方言，翻成台普就是“酱子也行？”写专栏就走个轻松套路，立低标以名嘴为门坎，纯当瞎扯淡，也算流露真性情，所以“点都得！”乍都行！

原文见二〇一三年五月十七日《台湾中国时报》人间副刊

花式摔跤

出版拙作《民国素人志》简体字版的北京新经典文化公司趁我欧游归来在上海“过境”的短短几天安排了四家沪上媒体轮流专访。几位记者都是小儿大威哥的年纪。当年两岸一通不通,在台湾下笔提到对岸稍有不慎就会被“搞文艺的”单位请去“喝咖啡”。老太太半甲子前靠连得岛内小说奖出过几天风头，接着当了多年文坛逃兵，台湾文学界现在说起天宝年间遗事都鲜少有人想起“仿如流星”的这一号，对岸小朋友们自然更不晓得受访的是哪颗棵葱，可是会面之前做足功课，不但对于《民国素人志》书中描述的那个因中国内战以致他们曾、祖父母颠沛流离的时代表示了高度的关注和兴趣，对陌生作者停滞长达三十年的“休耕期”也感好奇。殷殷垂询。

他们的热情真让我希望自己也能有点什么离奇的故事可以拿出来说说，起码要让人回去有材料好写，然而想来想去乏善可陈。

照说活了一把年纪，人生总有高低起伏，小说中悲欢离合，作者本人岂可无有传奇？

中学时候读到一句五四时代作家写的别扭白话词组：“无可救药的童騃性乐观主义”。一开始看着觉得“不像人话”，年长才体会，生性乐观的人更愿意相信关上的门后是扇开启的窗。命运被个性左右，就像闽南俚语促狭地称天生皮肤黑是“黑肉底”，搽粉也白不了，具备“无可救药的童騃性乐观”的人有过苦大仇深也都记忆模糊，偶遇的慷慨豁达却感动难忘。哪怕走在伸手不见五指的隧道里也觉得遥远尽头有亮光，很难对人生绝望。

听见记者羡慕我现下读读写写吃吃喝喝走走看看，我就惊觉自己是否高调得过了头？却又实在想不起，也讲不出这样的生活能有什么委屈。无奈只好举起右手宣示：“人生在世哪有不磕磕碰碰的？只是表面上看不出来伤痛。你看我坐在你前面完好无缺，没想到这手肘里有根刚断的骨头吧？”

双子城布达佩斯很美丽，可是古城石板路高高低低，粗心游客左顾右盼贪看风景，一不留神踩在个坎上失去平衡，脸朝下摔了个“狗吃屎”。当时痛还其次，大街上摔得如此狼狈，真是恨不得马上昏了过去免得要觍颜爬起。然而毕竟出糗事小，受伤事大，中断旅行更要增添遗憾。我决定鼻青脸肿地捧着断臂继续走下去，按计划从东欧到北欧再到西欧，最后取道中东回亚洲，一个行程没落。

平衡感忒差，跌跤是家常便饭，摔得多了摔出各种花样：出发旅行前在台北因为店家冲洗地面造成路滑摔过“元宝大翻身”，在布拉格皇宫花园里散步，小径初雨，湿漉漉的碎石路上来了个“单膝滑垒”。不过这些都比不上几年前从楼梯上一脚踩空的“凌空微步”伤身，那次拄了一年拐杖，动了两次手术，断续用了三年残障停车牌。从小到大我摔了不知多少跤，“步步惊心”是生活中每天面对的挑战，可是这样遍体鳞伤并不能满足读者的猎奇心理。华文女作家没有爱上汉奸、嫁过混蛋、流浪沙漠、不是蕾丝边，何以为文?

性别平等在中文写作这行看来还有漫漫长路。

二〇一三年十一月二十二日

说文解“爷”

和北京新经典文化公司谈简体字版权时，出版方利用现成人力资源做了个样本池为“六”的市场调查，所幸看过稿子的年轻编辑一致反应“很好看”，简体版《百年好合——民国素人志》才得以顺利签约。通过漫长的审查，终至付梓面世，而且受到欢迎。同样的简易市调台湾某出版社听说也做过，可是看稿的两位年轻编辑咸曰：“看不懂。”若非家乡有个“看得懂”的印刻文学，复出后拙作大概都要束之高阁。

个人浅见，台北市面上的小说，极通俗的不论，标榜文学性的作品真都不容易读懂。编辑对邀请读者进入作者私人梦境里的文字都能消化，声称对有人物、有对白、有情节的话本小说看不懂想来是看不上的客气话。

台湾内阁曾有位学而优则仕的大员在立法院接受质询，被立委话赶话，冒出句“爷儿们”不在乎被扣薪水或者奖金之类。一时舆情哗然，铺天盖地“剿”爷。

“爷儿们”应该是“爷们儿”之误，相反词是“娘们儿”；北京俚语，不算文雅话，如果官员响应的对象是女立委，自称爷们儿还有性别歧视之嫌。

名词里的“儿”是尾音，媒体上我听到的却都说成了“爷儿们”。不知道内阁的那位“爷”一开始自称的时候，儿化音摆对了位置没有？到底是记者们当了“鹅(讹)头”，还是错在伊始？

失言官员说自己讲的“爷们”是“男子汉”的意思，记者说是“老子”的意思，逮到机会就调侃“内阁一群爷”，过了几个月还不依不饶。其实公婆都有理，麻烦的是原话里也都有成见，谁也听不进谁的。

好几年前热播过的大陆电视剧《大宅门》里有一幕是男主角身边风尘出身的姨太太，在有求于他的时候频频呼“爷”。

演小三的是越剧名演员，声音表情十足，声声“爷”喊得不同调，时而撒娇、时而恳求、时而告饶，男人最后当然输了，依了姨太太的愿，大男子皱起浓眉怒声提出交换条件：“别喊我‘爷’，听了惨！”

南方人要把“爷”字给搞懂不容易。像我在台湾长大，从小街上没听过人喊“爷”，就古装剧里见过：没胡子的是“少爷”，有胡子的是“老爷”。报载名导演陈可辛曾经赞美《投名状》男演员的表演很“爷们儿”。导演是南方人，可是这句北方名词当形容词在此用得挺到位。我猜想他若有机会读到我的小说，一定不会说“看不懂”。

方言活泼来自生活，国语相对死板，窃以为主要还是书本用语。中国很大，方言多得令人咋舌。台湾很小，可是一九四九年各地人马齐聚宝岛，在地通行的“国语”得以吸收方言词汇，增添丰富。我是不会说父母家乡话的“国语人”，却常不自觉地在作文时掺进不辨来自何处的方言俚语。大陆读者说是有“民国风”，我倒觉得挺“台”。

语出同源，安静聆听虚心了解，人家的也成了自己的；看不懂、听不懂，放远视线敞开胸怀，多看多听也就懂了。局宝岛自远原乡，濒海峡不纳百川，只怕懂得的越来越少啊。

二〇一四年三月二十一日

窃禄从来岂有因

《桃花井》中后记《此灾何必深追究》，原是我替台湾报纸所写为期一年专栏的“最终回”。可惜阴差阳错，删节成千字，以符合上报字数要求发表时，弄错了先后顺序，未能用来为专栏谢幕，不无遗憾。

匆匆推出后，本来以为就此无声无息，再无涟漪。没想却有读者自称是文中提及的告密者，湖南安乡“裴力之”后人，投稿抗议其先人“死了也中枪”（投稿篇名），在报上公开表示，家族决议对作者“追究到底”。过了月余，我果真收到法院传票，平生首度因为文字惹祸，吃上了妨害死者名誉的官司。看来父母在世时，为了怕我胡编瞎写，对我创作的兴趣鲜少鼓励还真不无深谋远虑。

自我复出以来的小说作品，虽然设定的时间都发生在我的父母兄姐那一辈，人物确属创作，原型并不可考。只有《桃花井》中“回家”一章，借用了《此灾何必深追究》里提及的周金声叔叔生平片断，小说中绝无影射过文中提及的诬告者。

而之所以敢于文章内指名道姓地举例，说是为了征信，不如说是为了安慰曾经和周叔叔一样在台蒙冤的乡先辈在天之灵。文中就借了老哥之言，随机点出正反两位“历史素人”。

在现实生活中，我所举的两个实例：一位是被检举人（周金声），一位是检举人（裴力之），却分属不同的个案。周金声叔叔的遭遇是我创作“回家”一章的灵感，“歹角”、“反派”之类的反面人物，完全未出现在我的思考雷达网上，遑论创作之中。

吾生也晚，和家族世交鲜有交集，更何况告密者那种早就不通往来的父执旧识。直到《桃花井》成书后也没听过裴某人的名号和恶迹。书中哪里可能有此人什么事，真不明白他的后人如何在《桃花井》中找到他家先人足迹，甚至进而发文栽赃：“或许”（《桃花井》作者）“在新书发表会时同样曾指名道姓地说这个故事是根据一个‘国大代表’陷害乡亲的‘真人真事’改编”。

我自知是被父母宠坏的幺女，常常口无遮拦，所以年轻面薄时，总躲在小说的帘幕背后，很少抛头露面，出来夫子自道，避免不知轻重说错话让笃信“忠厚传家”的父亲责骂。父亲去世后，一众好友就常取笑：“晓云没人管了！”

这两年倚老卖老，笔下一滑，杂文确实也写得多了点，展览了不少“肚脐眼”，已经反省检讨，也决心好好收敛。不想居然就在我决定回归小说创作之际，给不明就里的读者揪了出来，还告进了衙门。

先父在家乡事业顺利的时候，因为好交朋友又不吝于援人之急难，曾被人称“小孟尝”。即使来台后家道中落，我幼年时家里还是一直人来人往，常常宴客。前文中提及的告密者和被害人，说起来都曾是先父的朋友，想来在老家、香港、台湾，也许都是我父母的座上客?

上世纪五十年代台湾白色恐怖时期他们之中多人受到检举。那些被当成“通匪情资”的“证据”，其实也就是一群流落外省的难民，聚会至酒酣耳热时的“凑谈”(闽南语，类似“吹牛皮”、“聊八卦”、“侃大山”)。本来私宅闲聊，知道的人有限。可是在座与闻的数人，根据当时已经解事的家兄后来追忆，除了告密者，竟乏人全身而退。而且遭受检举入狱的其中一人，更有官方文件留下记录，载明告密者所用化名和真实姓名。

先父素有干才，在老家更颇有资产，据家乡亲戚说起来，抗战胜利前后已是当地首富，可是离开家乡以后却是非缠身，事业起起落落。赋闲在家的时间一多，只好跟我这幺女“讲故事”打发时间，提他的当年勇排遣寂寞。想他肚子里该有多少秘辛，却从来没有提起做了坏事，害了人的不肖同乡或朋友姓名。爱幻想的我听了他叙述的只言片语，胡思乱想，甚至编成小说，也从来没有声称过自己写的故事是纪实。哪怕在《桃花井》中我努力想借助文字的魔力，送送终生望断归乡路的世叔一程，周金声叔叔的大名，也要等到《桃花井》书成后四年，才从我老哥处听说。

无论哪段公案，牵连多深多广，白驹过隙，光阴无情，一甲子不过弹指。迄今我父母的那些同乡，无论加害者和被害者都已作古，结局好赖，此章也算在人间翻过篇了。

我自幼被家人呵护宝爱，至亲、世交和前辈们离开老家后遭受困顿和灾难的迷雾，不但要等我离开出生地，定居国外后才逐渐拨开，连我在台湾戒严年代青春成长时期可能受到的影响，都被父母兄长淡化隔离。

在单纯快乐的环境里长大，我的个性算是乐观积极，虽不昧于人世苦难，却更相信人间处处温情。世上有人睚眦必报，为了一点小怨就致人于死一类情节，超乎我的想象，不在我觉得合逻辑，或者揣摩得出的人生经验当中。如果作者笔力不济，却放胆描写提告檄文中所谓“不折不扣的告密者，而且告密的原因还是因为觊觎一个同乡娇妻美色，就罗织罪名让其陷入绝境的恶棍”，只怕场面难以控制，还会产生流入样板戏窠臼的危险。

控诉作者“妨害名誉”的原告，想当然尔地认为我到处宣讲自己写《桃花井》有凭据，是极不正确的揣测，恐怕比我挂了招牌编小说还不负责！

何况我素来对读者看小说对号入座反感，也不赞同文评家在幻想的故事里考证作者生平。慢说《桃花井》里没有“告密者”这样的反派人物，即使我写作的背景忠于史料，有凭有据，可身为作者的我既不承认写的是事实，又如何“到处宣讲”故事里其中有人？

真相是，《桃花井》书成后三年，我有缘读到一份荒唐年代的荒唐判决书。那真是军法官写的《拍案惊奇》，编小说的都只能惭愧。判决书里有名有姓，提及有裴某是“被告意想中之婚变主角”，检举被告是“匪谍”在先，后来“亦供明所控事实系辗转流传不尽不实”。

然而判决书中虽然点明裴某事后承认举发不实，刀笔师爷笔锋一转，兜了回来，责怪被告：“其临难苟免未能从容就义。”因而明知冤案却不撤销，更进一步指控平民身份的被告：“未能从容就义且逗留匪区时历数月，思想难免受其毒化。”于是明知冤枉，照样判刑。

想当年中华民国的五星上将战败也没“从容就义”，还带上家小姻亲、随从亲信、国宝黄金，浩荡出亡，到台湾“吾三连，余又任”，继续统率三军。高层如此宽以待己，法庭竟然能白纸黑字在判决书上指控，没有军人身份的地方绅士，没在国共混战的时候“从容就义”有罪？

根据当事人亲口告知，法官宣判时，特召受害者上前，示以公文，并解释道：“贼咬一口入木三分！我这也是没有办法。起诉书这样写，至少留下证据让你知道是谁陷害你的。”

这，就是当年台湾白色恐怖时期讲的道理。

虽然睁眼瞎判，却毕竟不忍青史尽成灰的军法官，被受刑人盛赞为“大好人”；认为自己虽遭同乡检举诬告，毕竟遇见一个青天老爷，笔下超生，没让他成了马场町上冤魂。可是绿岛还是就此添了一笔冤狱，本岛也多出了一个破碎的家庭。

人父人夫被诬为匪，人妻人子顿失所依。即使冤狱没把人关死，放了出来也是带着污点在国民党的治下苟活，有志再难得伸，潦倒终身，连带家属的事业学业发展也处处受限。这要受害者的后人如何不怨?

根据受害人家属的理解，告密的裴某当年只身在台，并无原配妻小随侍，所以才会有追求同乡之妻不遂，愤而诬陷人夫之举。抗议我文章辱其先人的读者，如果真是告密者在台后人，算算时间，也当是此事发生后的婚姻关系人，应该并不清楚其先人曾经恩将仇报，来台初期检举陷害过在香港接济他的同乡。

时间来到当下，上述情由固然可以当作是家族一段不光彩的过去，六十年后换个角度来看，也未必不是一件道德感薄弱的男子用了不正当手段追求所慕未遂，因而产生报复的纠纷。

换位思考，巨贪宁可漏尿坐牢都不吐出赃款，在他的子女眼里也极可能是个为了要让妻小过上好日子，置个人毁誉于度外的伟大家长。告密者的后人也为人子女，何能要求他们冷静分析，对陈述事实的作者贸然提告之前，先来个小心查证？

不过告密者在台后人投书报纸，公开诬蔑作者“道听途说”、“混淆视听”、“穿凿附会”，声言“追究”，却实在是没有做足功课的无礼之举。依个人之见，告密者在台后人与其追究作者有无言责，不如追究此灾因果，乃知我一介后生晚辈从何得闻他家先人名号？唯有对家族历史得到全面的理解，才能体会苏文忠公“何必深追究”的真意。

二〇一四年十二月二十四日收到法院不起诉处分书后定稿

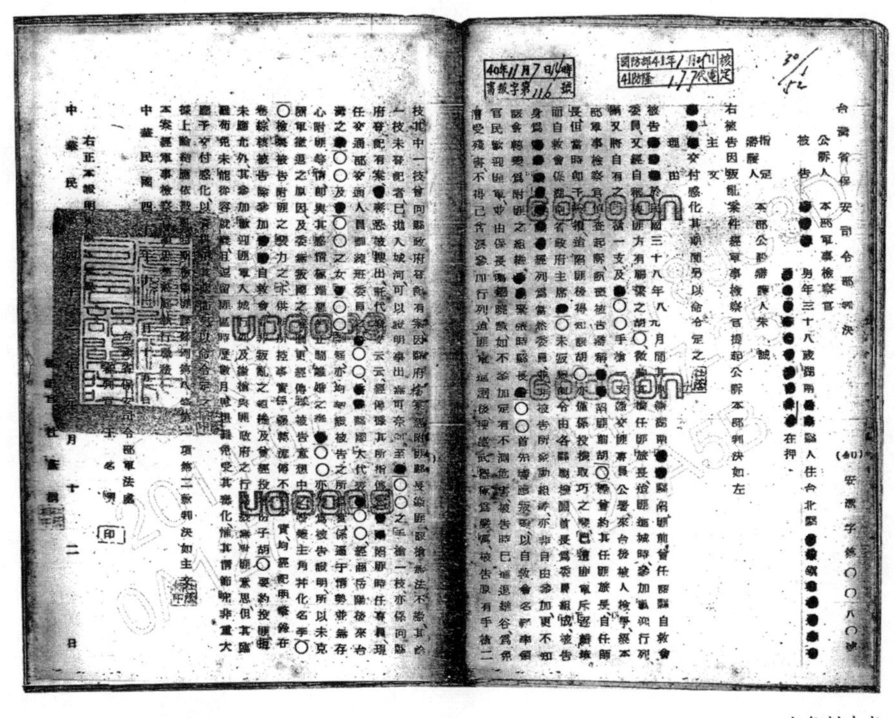

当年判决书

第四辑　两岸风情

阿扁的阿姑

在一起从侨居地返乡的老友家里过除夕。和她八十六岁的母亲一淘，四个人围炉。

伯母在台独居，把跟了几年的菲佣调教得像来报恩的精灵。老太待菲佣很好，说：人家离乡背井，在家里也是别人的女儿。

伯母声洪气足，待人慷慨，广结善缘，朋友很多。她说起自己怎么照顾自己：“那时候新装的那个路灯刚好就照进来我的卧房，窗帘也遮不住，晚上怎么也睡不好。”伯母多次投诉：“打了很多次电话，几个单位踢皮球，搞了半年。”那个时候陈水扁当台北市长，“我就生气啦，就打电话去找陈水扁。”

“您贵姓？”市府办事的人问。

“姓陈。叫阿扁来听电话。”伯母的确姓陈。没胡说。

“啊恁阿扁啥人？”市府那边又问。

伯母火大了，说：“阮啥人？阮阿扁伊阿姑啦！”

伯母说，咦？后来当天就来修了，把路灯转个向，对正街道，别对着她老太太窗户就是了。多大的事，还要请出“阿扁伊阿姑”才办成。

吃年夜饭的时候，我盛赞菲佣的好手艺。伯母说上一个更好，教得都回家乡准备开中国餐馆了，可惜双方都想继续宾主关系，却留不下来。女儿说好像最近通过了一个俗称“陈长文条款”的新法规，以后可以留十二年了。我不解为什么不像香港那样全面开放，请得起的就请。台湾自诩开放，弄这些条条框框来限制外来雇佣，是不信任市场机制吗？

伯母来劲了，把筷子一拍说：对，应该开放！我打电话给马英九。想请的就可以请，想留的就可以留，这才对嘛。

女儿就笑她：你不姓马，你不能说你是“马英九的阿姑”，看谁理你？

“我就说我是马英九的阿姨，不行吗？”伯母大声地反驳女儿。

我们赶快同声称善。我还嘴甜而由衷地说：“潘妈妈，你不但是阿扁的阿姑，马英九的阿姨，还是我的偶像哦！”

愁到夜郎西

和女友在长春影城看了早场电影出来，随意走进了伊通街小巷中一家看起来干干净净的小店要了两份套餐。午饭的时间已过，店里除了我们，只有靠窗另一桌有先来的四个男食客。我隐约留意到服务生送过去了一份餐，另外三人貌似陪吃，光点了饮料的样子。

店不大，我们择了最里面的座位，还是相互可闻声气。不过我和女友多年来在侨居地养成在公众场所压低音量的好习惯，兼之我们自己谈兴甚健，并没有旁听邻桌谈话。除了点餐时用眼睛参考了一下旁边正上着的菜，没有互动，绝对不可能有失礼之处。

上到咖啡的时候，我和女友都被阵阵香烟味熏得很不舒服，正在到处找烟味来源，后面的老板娘出来告诫窗边的男客：本店禁止吸烟。原来有个客人罔顾室内不准吸烟的规定，自欺欺人地吞云吐雾一下，再把手伸出窗外藏起烟头。他和老板娘强辩，烟头在窗外就不算在室内吸烟。老板娘不依，同桌客人开玩笑要老板娘把吸烟的客人“扔出去”。

“他抽烟他不对！”客人指着自己吸烟的朋友跟老板娘说。虽然说的是玩笑话，声音表情却不友善，脸上也无笑意，显得咄咄进逼：“你把他扔出去！那你把他扔出去呀！”

老板娘看得出为难，却没有退让，坚持客人应该熄灭烟蒂，可是同桌的四个人却耍无赖，就是要老板娘把违规的客人扔出去，那个烟客则继续抽烟，而且好像一皮天下无难事，既然被抓，这下连手上的烟也不伸出去了。

我以为同为花钱的大爷，应该也有话语权，就扬声客气地道：“先生，你抽烟也影响到了我们！请你听老板娘的，别在室内抽烟。”

那边的客人显然不高兴有人出来管闲事，就不理不睬，继续戏弄要严肃执法的老板娘。我跟朋友说：“这里太臭了，我们走吧。”

抽烟的客人忽然改说闽南语："伊这拢是高尚的中国人！中国人这高尚就唛来啦，这挂中国人都没见笑。"

我只好改说闽南语："不当吃烟的所在一定要吃烟才是不见笑，叨位郎都同款！"我转头对同伴说："这里臭迷摸，咱紧走。"

我的闽南话讲个几句其实还算地道，可是离当年台湾"恰北北"小姑娘和摊贩吵架的级数已经下降太多，一时之间骂不出什么有学问的话，只得和同伴说国语："有些人是怎么回事，听到说国语标准的就以为是大陆来的？大陆餐厅现在你在上海请客人不要抽烟，他说对不起，把烟就熄了。这里还骂人！什么态度！"

"这个啥米国？这个国无国语啦，阿够国语？这个啥米国！"几个恶客不但不道歉熄烟，有一个还无限上纲起来。

同伴是台北淑女，家中三代都兴实业，祖父是日据时代穿燕尾服的绅士，平素对过去我们不在台湾的三十多年之间，"台客"被塑造成穿蓝白拖，嚼槟榔，张开胯下骑机车，口出粗言的典型就颇有微词，看到这么几个替家乡失面子的不肖分子来到面前现世，就用闽南话说："你们讲话客气点！吃烟和哪里人有什么关系。”

直到我们付账走人，那几个还在那里鬼扯谁是台湾人，谁是中国人。有人不守店内禁烟规矩，还不服老板娘取缔的恶行就这样被淹没在口水里了。我只能摇头想到台湾的立法院过去也曾正事不问，质询官员的时候先问对方是中国人还是台湾人。看来那还真带坏了社会风气，起码教会无赖一个围魏救赵的办法。

台湾地方不大，有文献记载以来就有和“非我族类”拼斗的传统：汉番、闽客、漳泉，都有过大规模的械斗，有的地方甚至同宗不同祠堂的都可以打到死人。正是大圈圈里还要分小圈圈，不管认不认，其实这正是中国地方特色，到处都有。我读了点书，还能理解，可是在台北搞到以国语正音与否划分敌我，就小心眼兼没有见识到令人不齿。我在大陆的几年碰到不少来自香港和新加坡的华人，都对台湾从小学国语羡慕得流口水，认为是台湾打进全球最大市场赚人民币的一大优势；现在对汉语教育急起直追的还有韩国和日本，偏偏台湾就有人不珍惜“国语说得好”这个财富。以前就听说有政客拒绝睁眼看看世界有多大，鼓动追随的人民相信凭台湾可以关起门来过日子。爱国华侨本来乐观地想台湾人出门多，水平高，不会有人听听就自大，这下在台北亲身经历，看见果然有老鼠屎，不免为家乡前途忧心起来。

忽然想到李白两句诗：“我寄愁心与明月，随风直到夜郎西。”对应此刻心境，也算新解。

微笑西门町

中文在我没有机会大量使用的过去三十年内，起了很多变化，有些虽然无厘头，还是可以意会，比如说前几天在西门町看见的白底黑字大广告牌，上面没有照片或图画，就阳春五大字：“微笑西门町”。无法看图说故事，读的人可以理解成在西门町微笑，也可以想象成西门町是个让人微笑的地方，都说得过去。

可是有些以前没有听过或看到的用法和说法却就真是像大陆北方人喜欢说的让我“没法说”了。

退休以后，我订了美国的中文卫星台以便“赶上家乡”Update台湾信息。有一个经常看见的卖锅子广告就让我“抓狂”过好几天。一位西装革履的老兄出来推销他的“一把好炒锅”。我怎么听怎么不顺耳，可又说不出哪里不对劲。想了很久，才想通。咦？应该是一口锅嘛！不能因为那口锅带了个“把”，就让它变成“一把锅”呀！我不确定除了“口”，锅子还能不能用别的计量词，我个人是宁可听到那位西装哥叫他卖的是“一只好锅”或“一个好锅”，就是别说“一把好锅”。我一转到中文台看见他出来就担心，这样给观众洗脑，以后我要写“一口锅”，年轻编辑可能会以为是白字，会要我改成“一把锅”了。

还有一个说法也让老华侨难受，那就是台湾的记者、主持和来宾现在都时兴“做一个动作”，比如美发示范，就说，现在我做一个绑马尾的动作，再做一个刮蓬松的动作，最后做一个定型的动作就完成了。记者报车祸，就说，游览车在那时做了一个超车的动作，小汽车做了一个闪避的动作，悲剧就发生了。

我确信在我三十年前使用中文的时候,绝对没人做那“一个动作”。

不过语文是个活物，约定俗成就起变化。有些变化实在不像进化，听得人难受，可是螳臂无法挡车，国文老师只能纠正自己面前几篇作文，Blog作者只能在网上发发牢骚，那些位在电视上乱做动作，或卖把好炒锅的却可能穿房越户到家放送，造成影响。

走在西门町，虽是儿时故居所在，又是当年少男少女的旧游地，努力回忆，也看不出哪里是哪里了。好不容易看见一块熟悉的招牌，坐进快被拆掉的“明星咖啡屋”怀怀旧，却也不记得内部原来是那样的装潢。再又碰到戴着牙套、说话“蚊子哼哼”的服务员，弄得我像重听了一样。连她说“不好意思”，我都要再请问几遍。加上我的标准国语，不用人家说，自己都觉得像个“陆客”。

从“明星”出来，过马路的时候刚好钻到一群陆客中去，对面黄灯闪烁，这群人在这头耐心等候。等了很久很久，路上没有来车，可是也没有变灯，陆客入境随俗，都守规矩地不过去。我约人的时间接近，可是老不变灯，如果闯黄灯岂不替家乡在陆客面前漏气？我只好打电话给约的人说还在几条街外等着过马路，可是黄灯五分钟了都不变色，要晚一点到了。那边约的侄女笑得高兴，说：姑姑，人行道上闪黄灯是提醒注意两方来车，不会变成绿灯啦。那陆客在这里守候什么呢？原来他们在路口集合等游览车来接人。不明就里的老华侨就陪着穷等，在自己家乡做了土包子。

哦，原来“微笑西门町”也可以是把地名拟人化，说西门町在对我哂笑呢。

郑卫之风

这天没出门，没访客，写不出东西，读不进书，看了一整天电视。台湾电视清谈节目特别多，有些专门针对妇女，教教美容，谈谈小孩教养、女性保健之类。一大早看见一个节目在讨论产后照护问题，我这才领悟到我侨居了几十年的地方果然是清教徒立的国。

台湾电视清谈节目中那些素人女来宾，个个嘴上能跑马，明明正在谈产后坐月子风俗不同各国如何进补，却扯到产后两性生活。来宾把夫妻关起门以后的事拿到电视上大方放送，现身说法。听说上一次节目不过千把台币的车马费，竟然这样牺牲。

满意不满意？女主持人以大哉问引导结语。

满意，满意！女来宾比了个大拇哥。

难怪！我最近写的《民国素人志》小说像《北国有佳人》和《珍珠衫》都写到婚外情。偷情的过场攸关将来故事发展，模糊不了。有几段香艳得作者下笔时都怪不好意思。稿成请亲友团试读，还要先做解释，撇撇清，说是自己年纪大了，也就荤素不忌了等等。结果住清教徒国家的华侨亲友说：哇，苗头不是“一哀哀”！见怪不怪的台湾亲友说：咳，这也太含蓄了吧！

瑞琦“姐姐有练过”，会说立场模糊说了等于没说的官话。她说，作者啥也没写，读者还能看得脸红心跳，才算本事。可是我的情况是作者写得脸红心跳，却有亲友团台湾成员笑是小儿科。要不是看见也有老华侨亲友吓得不敢置评，我还真得拿回来加点盐。

台湾报章杂志和各有线电视台已经把台湾阅听读者口味养成重咸，连编辑下标题也都语不惊人死不休。为了举证，我随手上了个报纸首页，果然大标题就有“32C 美乳大解放”，以前还看过“G 奶缩水成 D 奶”、“某某 C 奶强碰某某 D 奶”之类。电视新闻也一再强调某女星的晚礼服“大秀事业线”，“半球吸眼球”，“露八字奶打败爆乳装”等等。反正是用字不怕粗俗淫秽，就怕观众看见女星的低胸华服不够胡思乱想，只懂纯欣赏。

记得以前上儿童心理学读到小孩成长有“肛门期”。这个时候的小孩，对排泄器官特别感兴趣，只要听到跟肛门屎尿有关的词都会咯咯笑。我做台湾小姑娘的时候也认识一两个停滞在“肛门期”的青春期男生，当时的表现就是对女性特征特别敏感关注和喜欢听讲黄色笑话，可是成年后果然也不安分，包二奶上酒店都有这几个的份。台湾的记者编辑可能有几个也停留在青少年的某一时期，对领子开低点的女装表现出大惊小怪，不在乎读者当他或她是土包子或没长大。

我在上海工作时的办公大楼是精华地段的名楼，门禁很严，保全延续旧社会租界传统，对访客以目测迅速分三六九等再决定给什么脸色。儿子一次去找我被警卫拦下，加州国语遇到上海普通话，语言也不大通，只好打电话给老妈下楼去救人。他小兄大学暑假千里探母，自认是观光客，天气热得让他把上海滩当成迈阿密海滩，穿着背心短裤就出门，看到办公楼里的西装客觉得人家是脑袋有问题，众人皆热他独凉，讲了多次要入乡随俗，他却无意改进。

我说，你说不清你自己老妈和你妈公司的中文名，又和外面民工穿得一样，所以警卫不让你进来。他气得举起他的夹脚拖鞋说这名牌呀，我赶快踢他一脚示意放下，这个“文明”大楼禁烟禁拖鞋禁服装不整。可是穿着随意的观光客会被警卫拦下，隔壁公司一位秘书小姐天天穿得像好莱坞日落大道黄昏时站在街角揽生意，警卫却放她进来。后来是她的洋老板实在受不了了才出言要她改变打扮。所以有时候出格不是洋派或时髦，这道理却不是人人都能自行领会。

早年小报和正经报纸各走各的道，泾渭分明。几十年前在我熟悉的台湾，大小报纸也都各安其分，比如晚报可能对普通风化案件详加描述（较之今日知名日报的图文并茂都还是瞠乎其后）。日报有一两家则是不把这种新闻送到人家府上去合家阅览的。到了如今老华侨返乡，报纸却只看得出颜色，分不出大小，不少记者编辑似乎是我当年认识的青春期男生一挂，都偏爱用和生殖器官相关词汇作文。电视频道多到让人傻眼，却分不出正经电视台和狐狸电视台的新闻节目有什么不一样。

少小离家老大回，我每天在台北的生活都是学习。

领导的范儿

刚到上海的时候，我把“领导”这个词依自己的理解在脑子里翻译成“经理”、“主管”。有一次陪闺友去看中医，闲着也是闲着，“顺便”问问诊，诊所小姐要我先填张挂号单。职业一栏，我写下“领导”二字，诊所小姐看见笑出了声。原先看着我填写，知道我自认是个专业经理人，对我填“领导”为职业并无异议的老华侨女友，很不够意思地“陪笑”一番，事后还大事宣扬，拿我这个“低级错误”讥笑了好多年。

后来我发现大陆很多男人在外都称呼自己配偶“领导”，普遍得像我小时候在台湾听到丈夫谦称自己太太“内人”。所以虽然职业栏填个“领导”本不为过，只是当年我妈那辈也不会把“内人”当成职业，所以填表格称自己是“领导”应该是于礼不合。何况以亚洲的标准，我还真不是家里的什么“领导”。

有一次我在上海，先生人在美国，他请我到银行去转点超过当日额度的钱还是什么的。行员跟他很熟，却不认识我，问东问西，可是我对户头里的事一问三不知，看看时差允许，我干脆请她打电话到美国自己去问。好不容易办完事，等计算机打印收据，银行小姐跟我闲聊天，说：“那你们在美国真不同，我们上海家里管钱的一定是太太。”

我说：不是讲上海男人管家里所有的事，个个都是“马大嫂”（买、汰、烧）？

小姐被我的蹩脚沪语逗得开心，笑道：“买菜、洗衣、烧饭，这些阿姨能做的都是小事。管钱是大事。太太管，肯定太太管！”

我想想也是，在公司里当主管，也要分配和控制预算，所以做领导很重要的一项确实是“管钱”。那么谁管钱，谁就是“领导”吗？胡锦涛算个公认的“领导”吧？他管中国的钱吗？我看周小川在钱的事上管得比他还多一点吧，可没有哪个说周小川是中国的“领导”。所以说，是不是“领导”还得看有没有那个“范儿”。

“范儿”应该是北方用语，我的理解是类似南方人说“派头”。我学的第一句上海话就是：“外国恁阿乡无莫铜钿，派头督来兮（外国土包子没钱，派头十足）！”不过用“范儿”好像比“派头”多了份气势、气度还是气质啥的，所以谈领导的时候我想用“范儿”,比“领导的派头”让我感觉有派头。

台湾的领导当然是总统马英九，我觉得他的“领导范儿”自成一格。不过我和多数的台湾平头百姓一样，无缘识荆，只认识传媒上的马英九。那些花絮一样的新闻让老华侨拼凑出一位平易近人，没有什么派头的“领导”。比如，竞选的时候他强调平抑了做烧酒鸡的米酒售价是他引以为傲的政绩，他要做“米酒总统”；稻米多产了他也代表“内政部”呼吁民众吃米饭，香蕉多产了他成了蕉农代言人要国民买香蕉。他让我感觉亲切得像隔壁“王妈妈”（随机取样的家庭领导人代表）。王妈妈今天催促老公送儿子上学校别迟到，明天安排女儿学钢琴不偷懒，齐家如同治国，治国如同齐家，王妈妈和马英九都在让人看见“领导”的忙碌和关心。

两位“领导”另一个共同之处就是都相信报纸上看到的报导和菜场里听来的消息，甚至奉为圭臬，并常据以修正领导方针。两位“领导”也都不大相信“自己人”,表现得像只有“邻居”

讲的才是忠告，“自己人”进言反而被怀疑可能“有私心”。等到出了乱子，还是哭鼻撒脸地要“自己人”出来代为解决。

这种胳膊朝外弯特性在大领导身上的具体展现，就是让选民对政党政治的责任搞不清爽，对选自己支持的那党的候选人却步。在小领导身上就会引起家庭风波，夫妻失和。像王先生就有时候气得想离婚，可他再细想想，虽然太太亲疏不分，老是做出亲痛仇快的事情，可是她一错再错好像不是故意要给家人带来伤害，她只是自我感觉良好，真的相信自己永远站在正义的一方。君不见七出之条里面只有“窃盗，去”，没有“傻帽，去”。而且王先生跟同一个太太处久了，怕离了这个村没有这家店，他怀疑外面女人的品行，没把握人家是真心要和他过，就息了休妻的念头，将就地且走且看，决定跟着“领导”再过几年。只是家有蠢领导总是件让人担心受怕的事，尤其有时候想到了孩子的前途真不免产生焦虑感，无可奈何，只能祈祷“领导”开窍，以后管管该管的，商量好了家里都同意的事就大步向前，拿出领导的范儿，别总是耳根子发软，到外面听见不相干的闲话就回来找自家人的麻烦。

过大年

外派在大陆的时候老听人说“过大年”。身为出生在台湾的南方人，过年就过年，搞不懂为什么要多说个“大”字。不过以我粗浅的彼岸生活经验，大陆倒真是什么都“大”，所以在大陆说“过大年”，到台湾用“过年”就行了。反正我在美国住的几十年，除非过年的时候正好碰上周末，华侨朋友之间举办餐会，聚在一起吃吃喝喝，否则就如常上班、上学，基本是不过农历年的。

有一年说是上海七十年来最寒冷的冬天，连着下了几天的雪。好像是因为机票关系，我必须提早几天离开侨居地去驻点的工作地准备黄金周以后开工，就难得地在春节假期和当时读美国学校的小威哥两人到了上海。除夕夜家中管家阿姨放假，母子俩懒得开伙，叫了披萨外送。儿子关在房里打电动，我坐客厅跟着其他十亿人一起看让我想起台湾从前电视老三台“康乐队”的节目。约莫晚上十点后住家大楼外面开始响起鞭炮声。一开始没在意，可是鞭炮声势越来越惊人，闹到戴着耳机打电玩的小威哥都出来问：怎么回事？是不是外面在暴动？

我们站到住家所在二十楼高的每个阳台上去四面眺望：不得了，红光映白雪，半边天都是硝烟炮仗，上海在我们眼中真是从来未有过的精彩。小威哥感叹道：Holly Cow！我都要以为我们在伊拉克了！

一时兴起，母子决定到外面去体验一下中国的中国年。匆匆裹了雪衣、围巾，戴了手套，穿了靴子，就往外走，可是街上真的像伊拉克，我们走出去没几米就被烟雾熏得睁不开眼，四射的爆竹在头上开炸也太刺激和危险了。母子选择退回裙楼商铺顶上的空中花园，这里远离街上那些勇敢得近乎疯狂的“炮手”，而且高度正好，绕一圈还有三百六十度的视野。我们像小孩般兴奋地围着大楼的空中花园奔跑，从街上射出的冲天炮就在我们的眼前化为美丽的焰火。几个射高了的花炮从靠近围栏的小威哥身边擦过，他夸张地在已经清扫过积雪的步道上闪避，一面喊:酷，太酷了！完全像个战场！

我想这大概比他刚刚在计算机上聚精会神打的虚拟战争还有临场感。我尽做老妈的本分，拿着手机照了几张完全看不出来是什么的照片，纯粹陪公子玩儿。心里想起自己小时候在台湾过的年。那时候台北到处也放鞭炮，自然不会有上海半边天浸在硝烟里的壮观，可是也够把当年的台北小女孩吓得哭过吧。

今年这么巧，临时起意回到台北刚好赶上过年。算算大概是离家三十多年来第一次回到出生地过农历年。付大楼管理费的时候，银行给了两张春联、几个红包，去市场买年糕和花，人家都跟我说“恭喜”。我开始有点期待家乡的新年了。

结果，除夕和大年初一竟然都很“平常”，要不是电视里男主播穿着大红棉袄一直预警高速公路会塞车，我足不出户，都要忘了台湾正在放春节大假。台北市不让放鞭炮当然是消除年味的罪魁祸首，其次是电视里竟然连康乐队一类的节目都没有。不管是不是农历新年，电视台还是看得出以“节流”为经营原则，有的放老电影，有的找了几个领车马费的名嘴在那儿瞎扯，只有一个抄日本新年节目的除夕红白比赛看起来是特别为农历新年制作的，不过我看到压轴明星却不无悲哀，因为会让人“合理怀疑”台湾的当红演员和歌星都去了北京、上海、深圳，甚至长沙海捞人民币。

在台北过年，我看着电视想起一句在上海学来的话：“真没劲！”

也许，“过大年”和“过年”果然不同，可是“过年”和“不过年”却越来越接轨了？

书店里的前朝

因为工作关系，我从二〇〇五年开始到亚洲出差，后来干脆在上海驻点。在那里人生地不熟，没有亲戚朋友可以走动，一个女性主管也不可能上酒廊，平时下班后最常去的地方就是书城。简体中文书相对便宜，我一买一大摞，又看得快，看完送掉，也算对当地文创经济做点贡献。

也不过就是三两年的工夫，马路上的人衣着越来越光鲜，大楼越盖越漂亮。公司替我租的新天地公寓里，电梯里抱只狗，冷着脸，用鼻孔对着邻居的黄面孔也越来越多。最让我印象深刻的是地下室停车场里一排七辆名车老看见在那里换电池。两辆劳斯莱斯，两辆宾利，莲花、法拉利、保时捷各一，同属一个不知真正“家”在山西还是新疆的煤老板还是油老板。再发财的人也只有一个屁股，还不长住在上海，怎么样也来不及坐七辆车，这么贵的车大概又不放心让司机开出去兜，就只好轮流换电池保养，让大楼里其他的司机和住户当成笑谈。

几年之间我个把月就要回美国“述职”，亲历次贷风暴引起的金融海啸，眼看着那边起高楼，这边楼塌了。跟西人朋友感慨起来总是隔着一层，可是跟同样在台湾长大的朋友发表浅见却没有人听不懂。

当年我在企划书上洋洋洒洒条列了许多数据支持在上海建点。可是自己选择落脚上海没有公开的一个私人理由居然是“怀旧”。哪怕曾是远东第一埠，毕竟是南方的城市，跟北京那种什么都比照紫禁城规模来起的大型建筑，上海即使是耸立入云的摩天大楼都有点小鼻子小眼睛的亲切。尤其走在上海南京东路，我老想起自己小时候住的台北西门町。连很多店名都是我走路上小学时经过的，什么“鸿翔绸缎庄”，什么“亨得利钟表行”。我当年可能还在那些同名店铺的骑楼下躲过猫猫。不知道为什么，我对大家都说难懂的上海话也不感陌生，可能小时候和上海邻居的小孩子在一起玩，那种印记存留，仿佛梦中。有一句“小子康，侬个小赤佬”，更是连那位上海妈妈的音调都清清楚楚地在我耳边。只是谁是“小子康”呢?

所以我在上海的几年虽然来来去去，除了员工也不认识外边什么人，却因为走到哪都能和少时的经验或记忆对上号，就变得很多思善感。当我一日走入书城，赫然看见一架“民国专柜”的书时，我震动了。回到加州，我告诉深绿的朋友他的“建国大业”看来大势已去。中国政府终于在有了足够的银子以后，累积了足够的自信把中华民国当成“前朝”，不会一看到国民党字样就涂黑抹去，对抗日的大是大非也不再遮遮掩掩。人是英雄钱是胆，北京中南海自承正统。历史问题已经尘埃落定，下面剩的只是收编的现实问题，台湾“总统”是蓝是绿对中国政府都是“山寨”内部问题了。就这样，我站在书城里把头转转四面一望，看见元、明、清、民各有专柜，中华民国在上海“被”走入历史。想想自己青春期穿着乐队制服每年十月两三次站在“台北总统府”前挥汗高喊万岁，不免不胜唏嘘。

昨天二〇一一年八月三十日出来一条新闻，说是中国社会科学院主持编纂的《中华民国史》由大陆的中华书局出版了，还说台北质疑大陆修民国史的动机不纯正。我不是学者，不能置评，可是作为一个读者，一个后世人，我想历史记载，公正比纯正是不是更值得一争呢？

几年修得同车坐？

各地出租车司机作风大不同。上海的出租车驾驶座旁名牌上常带有考试通过认证的三颗星、两颗星，表示司机对本城路径的熟悉程度，供乘客参考。而且我遇见的多数上海出租车司机对自己职业有专业性骄傲，很不喜欢乘客当后座驾驶（Backseat Driver）。有次我刚从北京过去上海，习惯性地多说了几句，司机很不高兴地回嘴：“如果到了地你觉得我绕路，你不用给钱，还可以去投诉。”

可是我在北京乘出租车，却总是一上车就被考试：“您到中关村？怎么走？”

废话！你问乘客怎么走？你是司机还是我是司机？更何况我要真提出来个走法，他还可能不同意：“现在走四环堵着呢。”停在那里不发动，等你说出他心中的那个答案：“你看着办吧！”他才点点头踩下油门。颇有点女人问你她胖不胖或爱不爱，绝不容许有第二种可能的架势。

后来我学乖了。一上车被提问：怎么走？就说：“上次我从这里坐到那里八十六块钱。随便你怎么走，如果比八十六块多，那算你不认路。如果比八十六块少，那下次我坐别人的车就报你跑出来的那个数。”

北京的司机听了这个说法没有不被激起好胜心的。一位被我报的数打败，证明不如别人会认路的驾驶，非要把多跑的钱退给我，以昭诚信；不过另一位坚不认输，非说我报的数是“忽悠”他。不过北方人一般个性直爽，所以这招在北京管用。我没敢在上海用过这招，如果用了，我想司机肯定会用上海普通话把我削一顿：“哎哟！这个不好说的呀！你这么说这个生意我不敢做的呀。那路上堵车了，表一样要跳的呀。”

不过在常跑的几个城市中，上海堵车的情形比诸北京算是小儿科。台北的人对东区塞车也都哇哇叫。我去年退休办交接，自己带着接班人把几个有供货商的城市跑一圈，早上尖峰时间台湾厂商派车从福华饭店接了同事再到凯悦酒店接我，宽打宽算了半个小时，我还以为自己离乡久矣，不辨东西，忘记了这两个酒店相隔多远。后来听说是把塞车的时间算进去，不禁感叹台北果然也跻身国际大城了。我有次在伦敦就为了第二天飞机早班，不敢早上从城里打车过去，硬是三更半夜入住机场旁边的酒店，颇有点枕戈待旦的味道。

美国是一个汽车王国，不过这几年汽车的销售量都输给中国。每次我坐在车里被堵在路上动弹不得的时候，总想不通大众交通工具相对方便的北京和上海，怎么会堵得比只有高速公路的洛杉矶还凄惨？不过中国是个人口大国，从少数身边个案无限上纲来瞎猜，也可以想见一二。比如，从前我有位从北京来的同事说她做大学教授的父亲，一辈子希望拥有自己的车，所以一有能力就买了一辆，虽然放在家中闲置的时候多，起码圆了一个毕生的梦想。老人家就常战战兢兢地开出去在北京城里兜个圈，加个油什么的。又有一位上海的同事怕怀孕的太太挤地铁影响胎儿，买了车接送老婆，可是城里办公室附近停车费一个月要一千六人民币，划不来，就起早把太太送上班，再把车停回家，自己再挤公交车去上班。

有一次北京下雪，去出差的美国女同事坐出租车里被堵在路上。她说刚上车时没注意，车行不久就堵上了，然后她就闻到烟臭和蒜臭混合的臭味，久久不散还越来越浓。也不管外面多冷，她坚持把车窗打开。幸好她和司机语言不通，除了留下不好的回忆，最后也没吵起来。

俗语说十年修得同船渡，不知道和陌生人同坐一车卡在路上要修多少年呢?

算命的嘴

好友瑞琦自从学易以来，很喜欢找机会替人卜一卦练练功课。逢人就说：问我一个问题。

我问自己的书今年会不会出简体字版？已经做了外公的鳏夫友人却问：我和现任女友会不会分手？

我盛赞为感情问题占卜的朋友，下个月就要欢度五十八大寿还有感情困扰，他的这一问比我的书能不能在对岸发行的提问有趣得多。

他得了个渐卦，卦辞是“渐卦：九五，鸿渐于陵，妇三岁不孕，终莫之胜，吉”。

瑞琦于易一道还是学徒，明明解不出却强作解人，我听她含糊带过，直接跳到总结：“反正最重要就是这个‘吉’字，其他都不重要，都不要看。”这样当然不能服人，被她唬得认认真真提问求教的朋友虽然不耻下问，寻找感情上的答案，生活里却曾是公司大老板，哪里是一盏轻松可以吹灭的省油灯？就打破沙锅问到底。瑞琦是做过领导的人，立刻把任务布置给了我（Delegate），说：“来，晓云来解。”

问卦的人狐疑道：“咦？你也会？”

我说：“我不懂易经，可是解卦跟在庙前面帮人解签诗大概也差不多。我虽然欠学，不过学问比多数的庙公可能还稍好一点。来，我来帮你解。”如果我有一撮山羊胡子，这个时候就可以捻上一捻做个身段，可惜没有。

我端起咖啡喝了一口来造成此时需要的停顿，然后说：“基本上，既然是‘吉’，事情就会朝你希望的方向发展，最后得到如你所愿的结果。”这还是说了等于没说，客人不满意，我只好继续：“如果你要知道更多，你要先告诉我，你心里跟这位女士是想分还是想合？”算命先生的小门道（Tricks）我还略有所知，来问的人透露得越多，解释得就会“越准”。

他说自己对这段感情的为难之处在“分有不舍，合有不满”，所以卜的卦只是“吉”并不能为他解疑。瑞琦找到下台阶，赶紧说：“卜卦要问是非题，比如你问，你和她会不会分？或会不会合？你这样问得不对难怪不行。不过你已经问过这个问题了，今天不能再问。三个月后你再用对的方法问一次试试看。”她像是只要能逃得过今朝，三个月后再说不迟。那时她可能功夫也练得深了一层吧。

我也好玩，就说死马当成活马医，不介意的话，我来试试看。

渐卦，鸿渐于陵，就是这件事没有迫在眉睫，只是正在渐渐发展中，所以两人还不到需要马上摊牌的时候。他说对对对，他只是生性不喜欢混沌未明的状态，所以打算要不把人娶回家，要不散会，可是对方并没有相逼的意思。

“妇三岁不孕”，有喜是好事，可是三年都生不下来就是怪事，可以想成是好事多磨，也可以想成是好事需要很长的时间才能产生结果。“终莫之胜，吉”是最后怪事会化解，会过去，还是得“吉”，心想事成。

“所以，”我总结，“你要再给这个决定一点时间，不必到三年，可是不能做匆忙的决定。到了那个时候，事情就会向你期望的方向发展，不过你现在还不确定过一阵子，你是想合还是想分，所以等你确定了自己到底想分还是想合，那事情就会有一个你想要的好结果。”

瑞琦听说之后大乐，说：“以后我帮人卜卦，你就来解。”我敬谢不敏。

算命先生和政府官僚差不多，事缓则圆，说点兜兜转转的话拖延时间，见招拆招，盼望能说到“人客”心里，让答案自己浮现，危机解除。我这几天在台北看新闻，政府部门和台面人物回答有关一位“副总统”候选人家里几个跟农地和建筑法令相关的问题，应该是 Yes 或 No 的答案，却都有本事说得模棱两可，不输我胡说八道，替人解卦。

试说新语

在台湾我常被误认成“陆客”，在地朋友说是我的国语太标准，而且讲话夹杂大陆用语。我的习惯是听到前所未闻的中文词汇，如果能解其意，脑子就会“捡起来”，等有机会活学活用一番。我在上海住了几年，也难怪用词受到影响。不过台湾到底是家乡，我有今昔对照，学习更有趣。

我一直认为语言是活的，这下有了点年纪还能出来“作见证”。像现在台湾很多极普遍的流行用语在我当台湾小姑娘的时候就是没有的，而且绝对是一九八〇年至二〇一〇年，我从家乡缺席的这三十年间“长”出来的。有些我听了可以意会，却一时不明就里，幸好我还没敢乱用。比如公共场合、传播媒体上男男女女都大刺刺，开口就讲的“机车”这个词，据权威人士告诉我，竟然典出生殖器，只是因为呼喊生殖器这样的感叹词不能堂而皇之地到处说，就把不好说出口的第两个字，改成了“车”。

人家一说，我立刻颔首领会，因为美国小朋友也做一样的事，把学校不许说的 f 开头四字真言说成巧克力（fudge）。人同此心，心同此理，台、美两地小朋友说脏话的小心思也很接轨，只是美国的大人不用拐弯抹角，自认有教养的就不说，不在乎的就有话直说，只有还受老师父母管束的小孩，欲拒还迎，才喊喊巧克力过嘴瘾。

不过我在台湾听到把“机车”当成普通形容词，用来描述一个连说话的人也不明所以的情况，却来自电视上的主持和嘉宾，比如小 S 和周杰伦这些偶像明星。我难得看次谈话节目，都听他们说过：“某某很机车”、“我觉得自己很机车”。名人加持，传播助澜，能不风行？这个新词“英雄不论出身低”，在台湾现代广为流传已成定局，只怕将来在中国语文里也代代相传。

这几天日本籍小姑娘在台北酒后闹事，打人闯祸，本地电视台集体猎巫，新闻疲劳轰炸，要是不想看我素来不大信的亚洲CNN，坐在台湾会以为世界上除了胡闹的小姑娘再无大事。我拿着电视遥控器翻来覆去，无可选择地看了几分钟新闻节目，发现台湾电视舆论对“诚实”的要求比较几年前对贪污犯有所提高：起码这次电视台不分蓝绿，对嫌犯应该“说实话”的标准步调一致。

警察还没理清的案情，舆论已经查得水落石出，蛛丝马迹都成了新闻。可是酒醉打人，素材毕竟有限，要“炒”这许多天也真难为了记者。我不小心转到一台，听到记者用兴奋的声音还在报导这个因为无限放大而显得混乱的事件。他大概是这么说的：随着越来越多的真相出现，鸭子还死了嘴硬，现在整个情况真的变得很“机车”。

夫复何言？我只能庆幸自己不是这位仁兄的语文老师。

拆烩鱼头

第一次吃拆烩鲢鱼头是几年前由美食家朋友报料，我尽地主之谊，请他们贤伉俪在上海南伶酒家开的洋荤。

拆烩鲢鱼头端上来白白一大砂锅，说老实话，卖相不如同列“扬州三头”的狮子头，气势不如“扒烧整猪头”，要不是书上读过这道菜，美食家朋友又边吃边赞，我的味蕾迟钝，结论只是确实功夫菜，却没能吃得我终生难忘。后来再去那家店，也没想再点一次。

这么巧，在台湾又和旅居美国的美食家夫妇相遇。他听说扬州的冶春茶社开了台北分店，就相约了去吃干丝和三丁包等等冶春茶社本店的知名小吃。点了各样有名小菜后，忽然惊见菜单上有“拆烩鲢鱼头”，定价台币一千二百。朋友兴奋莫名，可是我们已经点了很多菜，就相约下周原班人马专程来吃拆烩鲢鱼头。还隆而重之请经理过来，把当天点的菜品评一番，预告过几天来吃这道扬州名馔。

等到吃鱼头正日那天，先就以为拆烩鲢鱼头必是一大砂锅，还特意少点了其他。结果单子下去了厨房，服务生回来再问：不是点红烧鱼头？是点拆烩鲢鱼头？

美食家朋友确认点单，可是事后诸葛亮却说他当时就感觉有不祥之兆，哪有厨房里没有原因会这样问？他事后懊恼那时就该想到店家是故意把定价提高到红烧鱼头的倍数，却不料想真有洋盘客点，只好送服务生回来确认，一定是厨子不想有人点这道菜。偏偏这桌客人不接受暗示，非吃不可。

鱼头端上桌时，除了没有吃过那道菜的一位，在座众人通通傻眼。除了是鲢鱼，其他都不对，连尺寸都缩水，居然台币一千二百只来了半个鱼头。美食家大怒，喝令大家不许动筷子，自己拿起一支筷子数落盘中配料，骂道：“欺负客人没有吃过吗？这是红烧鲢鱼头吧！你看，哪有拆烩鲢鱼头半盘都是火腿片、香菇和青菜？请经理过来！”

经理看起来很年轻，立刻承认自己虽然做了二十多年的淮扬菜系餐馆业，却对扬州菜认识有限，不敢妄断这道菜做得地道不地道。马上就请了大师傅过来为客人释疑。

大师傅果然有扬州口音。乖乖隆地冬，一开口就把客人的话堵死：“扬州的拆烩鲢鱼头就是这样，一般有两种做法：白的和红的。”

可美食家是谁呀？怎么会被忽悠到，立刻说：“扬州菜是因为盐帮的老板有了钱，讲究吃，才兴起的。一百多年来的拆烩鲢鱼头都是白的，你非要弄个新派做法，烧成红的我没话说，可是你们菜单上就该注明是红的，新派做法，否则不是坍你们扬州冶春茶社的台吗？”

大师傅不服气，还喋喋不休地解释，说是在扬州现在都是烧成“红的”居多。美食家说你会烧拆烩鲢鱼头吗？大师傅受激不过，就如数家珍地背起拆烩鲢鱼头的传统做法，如何要有把鱼头去骨的手上功夫，大的鱼骨又要用小布袋装好，熬出白汤，再小火煮让鱼肉不散，最后清勾芡，盛砂锅。美食家正在这儿等着他呢，就说：所以你知道真正的拆烩鲢鱼头怎么做，只是嫌麻烦不做，拿出半个红烧鱼头欺客！

大师傅还待分说，一口台湾国语的经理把他轻轻推走，回头来叫美食家："爷爷！我尊敬您，喊您一声爷爷。今天我跟您学了很多，长了知识，这顿单我买了。"

美食家当然坚决不受，他要的是个说法，怎么会让经理买单？太太在旁边劝他和解，说："人家连'爷爷'都喊了，您就算了吧！"

我想起自己在内地管理公司的经验，就说："这要真在扬州，他还非要告诉你现在的拆烩鲢鱼头都是红烧的，是我们落伍不会吃，没赶上潮流呢。既然碰到位经理愿意听客人意见，跟客人学习，又说了他买单，这张单就销掉了，我们想付也付不了了。"我说着就把鱼唇给舀了。一面吃，一面评论道："如果是免单的红烧半鱼头，其实味道也不错。"另外一位小老弟已经饿坏了，也就不顾"爷爷"禁令，叫了一碗白饭来配。最有原则的美食家坚持不吃，就用个三丁包把他打饱了。

原来在台北吃霸王餐也能体会两岸文化的大不同。是为记。

图书在版编目（CIP）数据

云淡风轻近午天 / 蒋晓云著 . -- 北京 : 新星出版社，2016.1
ISBN 978-7-5133-1930-0

Ⅰ . ①云… Ⅱ . ①蒋… Ⅲ . ①散文集－中国－当代
Ⅳ . ① I267

中国版本图书馆 CIP 数据核字（2015）第 244680 号

云淡风轻近午天
蒋晓云 著

责任编辑 汪 欣
特邀编辑 毛文婧 李佳婕
责任印制 付丽江
装帧设计 张志全

出　　版 新星出版社 www.newstarpress.com
出 版 人 谢 刚
社　　址 北京市西城区车公庄大街丙 3 号楼 邮编 100044
电话（010）88310888 传真（010）65270449
发　　行 新经典发行有限公司
电话（010）68423599 邮箱 editor@readinglife.com

印　　刷 盛通（廊坊）出版物印刷有限公司
纸张开本 850 毫米 ×1168 毫米 1/32
印　　张 10
字　　数 135 千字
版　　次 2016 年 1 月第 1 版
印　　次 2016 年 1 月第 1 次印刷
书　　号 ISBN 978-7-5133-1930-0
定　　价 39.50 元